读者丛书
DUZHE CONGSHU
中华传统美德读本

我爱这多情的人间

读者丛书编辑组／编

读者出版传媒股份有限公司
甘肃人民出版社
甘肃·兰州

图书在版编目（CIP）数据

我爱这多情的人间 / 读者丛书编辑组编. -- 兰州 ：
甘肃人民出版社，2023.11
ISBN 978-7-226-05965-4

Ⅰ．①我… Ⅱ．①读… Ⅲ．①散文集－中国－当代
Ⅳ．①I267

中国国家版本馆CIP数据核字(2023) 第119076号

出 版 人：梁朝阳
总 策 划：梁朝阳　马永强　李树军
项目统筹：宁　恢　原彦平
策划编辑：高茂林
责任编辑：张　菁
封面设计：裴媛媛

我爱这多情的人间
读者丛书编辑组　编
甘肃人民出版社出版发行
（730030　兰州市读者大道 568 号）
北京温林源印刷有限公司印刷
开本 710 毫米×1000 毫米　1 / 16　印张 16　插页 2　字数 205 千
2023 年 11 月第 1 版　2023 年 11 月第 1 次印刷
印数：1~5 000
ISBN 978－7－226－05965－4　　定价：39.00 元

目　录
CONTENTS

001　用生命写就的告白／潘彩霞

007　我爱这多情的人间／吴佳骏

010　永远的守望／何建明

016　闻先生真是一团火／王京雪

024　从清华杂役到抗日英雄／阎美红

031　善良、快乐、智慧与道义／骆玉明

035　落日大旗／徐　佳

041　孤人与鸟群／傅　菲

046　君子人格／蓝　玲

049　皮鞋·鳝丝·花点衬衫／陈忠实

055　伟哉虞公／徐　佳

060　秋天的音乐／冯骥才

063　韶华盛／任谈如

066　小人物的伟大／意公子

071　湘君／杨本芬

080　灯前／刘荒田

083　外祖父的白胡须／琦　君

1

089 七日之粮 / 木　心

094 大自然的迷局 / 明前茶

097 父亲最高兴的一天 / 路　遥

101 给母亲梳头发 / 林文月

105 人生中最难的事 / 韩松落

108 失踪的夹竹桃 / 裘山山

117 只要月亮还在天上 / 张　炜

120 寻找陈延年 / 闫　晗

123 月色是最轻的音乐 / 傅　菲

125 密封罐子 / 袁哲生

130 坚守阵地 / 一　条

135 "驯服"炸药的人 / 田　亮

142 木耳 / 阿勒泰李娟

145 血战长津湖 / 许　晶

149 白雪少年 / 林清玄

152 这个民族的中医 / 张曼菱

156 骨中的钙 / 潘向黎

160 这首歌唱遍了祖国大地 / 瞿　琮

164 或然世界：AI 和艺术的短兵相接 / 霍思伊

170 跑腿小哥的100种人生 / 易方兴

175 文学何为 / 韩少功

178 会意 / 汤一介

181 高伦布 / 胡展奋

184 阿芳的灯 / 王安忆

191 守岛记 / 杨书源

198 孤忠者最后的大地 / 聂作平

215 阳早寒春 / 于　清

222 自知与自胜 / 骆玉明

226 东京审判中的座次之争 / 王祖远

229 怀旧的成本 / 韩少功

232 冬凉夏暖看逻辑 / 傅君琳　郑少雄

237 断香 / 蔡　怡

241 吃春 / 小云猫猫

245 錾磨师傅 / 耿　立

250 致谢

用生命写就的告白

潘彩霞

1

1951 年，长春第三军医大学附属医院的病床上，昏迷了 93 天的朱彦夫醒了过来。

神志恢复后，绝望涌上心头——他成了一个"肉轱辘"：无手无脚，断腿残臂，左眼失明，体内还有 7 块弹片无法取出。

这年，朱彦夫只有 18 岁。

他努力回忆昏迷前的一幕幕。那天，在长津湖的战场上，美军的炮弹劈头盖脸地飞进阵地，战友们一个个都牺牲了，指导员也不幸中弹。在奄奄一息之际，指导员对他说："你若活下来，要把战士们的壮举照实记录成文，传给后人。"

黄昏时，整个阵地只剩下他一个人。后来，一枚手榴弹落在身边，他的身体飞起来又落下去，当一块肉乎乎的东西滑到嘴边时，饥饿难耐的他本能地把它吞了下去，那是他的左眼球。

"死也不能做俘虏"，于是，他翻身滚下山沟。清醒后，意识到自己成了废人，朱彦夫万念俱灰，偷偷攒安眠药，后来被照顾他的护士发现了；他想用半截双臂撑着爬上桌子跳窗，睡梦中的病友被惊醒，一把扯住了他的衣领。

医院的马政委火冒三丈："为了抢救你，你知道给你输了多少血吗？你可是举起拳头宣过誓的人！"

朱彦夫举起残臂，那上面，没有拳头。马政委一把抱住他，两个人泪流满面。

朱彦夫开始学着自立，通过上百次的练习，他能够自己吃饭了；经过上千遍的训练，他学会了安装义肢，两个月后，他站了起来。

"虽然成了'肉轱辘'，但我依然是一名战士！即使不能为国效力了，我也绝不能再给国家增加负担。"1955 年，朱彦夫决定放弃特护待遇，回家。

他的家乡在山东省沂源县张家泉村，那是一个十分贫困的村子。那一天，当他突然出现在母亲面前时，母亲的惊愕可想而知。离家参军时，他是 14 岁的挺拔少年；再回来时，他却手脚全无，母亲心痛欲绝。

为了不让母亲担心，朱彦夫独自住在一间小破屋里，自己苦练生存技能。因为条件艰苦，他的伤口复发了。他熬着、忍着，直到一场大雨后，民政局局长武宪德跨进他的家门。

就这样，他被紧急送往医院。没想到，因祸得福，善良女子陈希永走进了他的生命。

2

那年，陈希永 21 岁，个子高挑，青春正好。她是山东省日照市人，姑姑生了孩子，请她来照料。她的姑父，正是武宪德。

从姑父那儿，陈希永知道了朱彦夫的故事：童年时，父亲被日本人杀害，他从小跟着母亲四处乞讨；14 岁参加华东野战军，因为作战勇猛，16 岁火线加入中国共产党，后来走上抗美援朝战场。

保家卫国的英雄故事，让陈希永听得泪水涟涟。从此，她心里有了莫名的牵挂。

朱彦夫出院回家后，陈希永跟着姑父去看望他。他的自强自立，作为军人的责任感和担当精神深深打动了她。

贫穷的山村，低矮的石头房，没有吓倒在海边长大的陈希永。只要有空，她就来看望他。随着了解的加深，两个人也谈得越来越投机。不顾父母反对，她和他结婚了。

多年后，儿女们曾问陈希永："你选择父亲，是出于崇拜，还是出于同情？"

她说："都不是。我看了他一眼，就再也放不下他了。"

婚后，陈希永成了朱彦夫的手和脚，为他洗衣、做饭甚至背着他上厕所。

妻子善良贤惠，朱彦夫做梦都没有想到，幸福会如此眷顾自己。

自家的生活有了奔头，可是家乡的贫苦深深刺痛了他，他不能袖手旁观。靠着自学的文化知识，他在村里开图书馆、办夜校，为村民扫盲。

他用行动证明了自己，在乡亲们的推选下，他担任了村党支部书记。也是在这一年，他们有了可爱的女儿。

有了陈希永做后盾，朱彦夫意气风发，决心改造家乡。他拖着17斤重的义肢走遍沟沟岭岭，义肢掉下来，他干脆就把义肢挂在脖子上，还发明了4种走法：站着走，跪着走，爬着走，滚着走。

每次，陈希永都想跟着他，可他坚决不让。等他到家时，医药箱早已准备好，他的断腿处血肉模糊，她心疼得直掉泪。

朱彦夫一心扑在乡亲们身上，为了带领大家致富，把抚恤金全都搭了进去。陈希永没有一句怨言，他为群众致富铺路，她不能拖他的后腿。

那时正值"三年困难时期"，仅有的一点儿粮食，陈希永留给婆婆、丈夫和孩子，而自己总是偷偷躲起来吃树叶。她的身体一天天浮肿，朱彦夫发现了。再吃饭时，他只吃了几口就说饱了，剩下的半碗，他推到她面前。

他的心思，她当然懂。半碗粥被他们推来推去，终于，脾气急躁的朱彦夫发火了，差点儿掀翻了桌子。陈希永的心里却甜蜜无比。他心里有她，生活再苦也值得。

6个孩子一天天长大，村里的变化也翻天覆地，梯田、苹果园、花椒园有了，水井有了，电通上了，乡亲们富裕了，朱彦夫的梦想一个个实现了。

当了25年村党支部书记，他在沂蒙山挥毫泼墨，用重残之躯，托起了整个村庄。而这背后，陈希永承受了多少委屈、艰难，流过多少泪，没有人知道。

3

1982年，一场大病之后，朱彦夫辞去村支书职务，在组织的安排下，搬到县城居住。

小院里，他和陈希永养花种树，含饴弄孙，平淡而幸福。身体稍好时，他经常受邀去做报告，讲得最多的，仍然是长津湖战役。

无数个夜里，他梦到战友，梦到指导员，耳边又响起指导员的临终托付。于是，他决定写书。那是1987年，他54岁。

陈希永劝他，该休息休息了；医生警告他，再折腾下去，有生命危险。可是，他决定的事，谁也改变不了。

拗不过他，陈希永只好为他买来纸和笔，从此，朱彦夫"走火入魔"。他把被子放在断腿上，再把纸夹放在被子上，他弓着背、低着头，用嘴咬着笔开始写作。

其中的艰辛可想而知，往往"拱"上好半天，他才能"拱"出一个字，而且，时间稍长，口水便顺着笔杆流下，好不容易写出的字又被浸湿，变得模糊了。

写作进展极慢，每一个字，都写得千辛万苦。有一次，稿子丢了一页，他忍不住冲陈希永大发脾气。

陈希永一声不吭，默默地帮他到处寻找，原来是被风吹到了床底下。他的艰难，她看在眼里，愿意当他的出气筒。

回忆是残酷的，在写作的过程中，朱彦夫仿佛又回到了长津湖的战场。有一天夜里，他在睡梦中大喊大叫着，从床上滚了下来。

陈希永被惊醒了，她心疼地说："你以后做梦了就喊俺，俺抓住你，你就不会掉下去了。"朱彦夫开玩笑地安慰她："我的梦里除了战友，就是敌人，哪顾得上喊你啊！"

从那天开始，陈希永每个夜里都要搂着朱彦夫的断臂睡觉，只要他一喊，她就立刻将他抱住。

1996 年，历经 9 年时间，33 万字的自传体小说《极限人生》正式出版。拿到新书的那一天，朱彦夫把自己关在屋里，在书的扉页上，恭恭敬敬地写下战友们的名字。他跪倒在地，把书点燃，流着泪喃喃自语："指导员，您交代的任务，我终于完成了……"

这一年，他已经 63 岁。

3 年后，他又完成了 24 万字的《男儿无悔》。这两部自传体小说一经出版便在社会上引起极大反响，朱彦夫被称为"中国的保尔·柯察金"。

这一生，他最感激的人就是陈希永，"她一手掌管了我的全部人生，我的生命能走到现在，完全是她的成绩、她的功劳"。

可是命运无情，操劳多年的陈希永不幸罹患肺癌。她的生命进入倒计时，想到 50 多年来的不离不弃，朱彦夫肝肠寸断。

最后的相守，心酸却温馨。夜里，她习惯性地给他盖被子，因体力不支，一头栽进了他的怀里；他也想给她盖被子，可一个重心不稳，整个人砸到了她的身上。长夜里，他们就那样依偎到天亮。

2010 年春天，陈希永在医院去世。她对朱彦夫说的最后一句话是："你别太累了，快回家去。"

出殡那天，不顾世俗的眼光，朱彦夫坚持要为她披麻戴孝。"我这辈子对不起她！我性格不好，经常暴跳如雷，可她从不对我发火。我想给她说句道歉的话，这是我的最终愿望。"

这是一段用生命写就的告白。她走了，他在心里默默地怀念她：床头边，放着他们的合照；在他的梦里，她从未离开。

（摘自《读者》2022 年第 21 期）

我爱这多情的人间

吴佳骏

1

奶奶天天坐在墙根下，跟季节说话。她从冬季说到春季，又从夏季说到秋季。季节静静地聆听着，却从不回话。奶奶也不生季节的气，依旧自言自语。说的时间长了，她也就把自己从一个老人说成了一个婴孩。变成婴孩的奶奶很可爱，她经常把两片飞舞的树叶说成是一对恩爱的蝴蝶，把一群搬家的蚂蚁说成是爷爷的军队，把屋顶的炊烟说成是走散的鸽群，把金黄色的油菜花说成是太阳凝固的血迹，把屋檐上亮着的灯泡说成是黑夜的长明灯……

2

一个小男孩蹲在田园里，为一只小鸟送葬。那只小鸟出生没几天就死了，它的妈妈还没来得及给它取个好听的名字。小男孩很悲伤，一边挖坑，一边流泪。这是他第一次看见死亡，第一次为死亡举行仪式。当他轻轻地将死去的小鸟放入坑内，竟感觉自己瞬间长大了。此后的三天时间里，他都没有去学堂。他以这样的方式，来纪念一只鸟的死亡和一个人的成长。

3

河边的草滩上，有一头牛在低头吃草。它吃得很慢，一根一根地吃。那些草也长得很慢，一根一根地长。可牛吃得再慢，也慢不过青草生长的速度。我靠在桥栏杆上，盯着对面的牛和草看，像看一个活着和死去、生长和埋葬的故事。那是头老牛，吃一会儿草，就要站着歇一会儿气。牛歇气的时候，周围的青草就会集体低下头，向一头老牛致哀。

4

下山的途中有许多上山的人，我看过的风景还有许多人要看。但那许多人看到的风景，又不是我看到的风景。我们长着同样的眼睛，却有不一样的取景框。你看到的是白云，我看到的是白云的泪；你看到的是山，我看到的是山的倒影；你看到的是树和光，我看到的是根和乡愁；你看到的是落日的余晖，我看到的是旭日的圣洁。这种看见没有高下，不分彼此，最终无论看到的是什么，都比什么也没看见要好。你看见你所看见的，我看见我所看见的。你的看见是我的抵达，我的看见是你的归期。

5

黑马圈河草原上的野花很小，跟天上的星星一样小。黑马圈河草原上的野花很静，跟天上的星星一样静。如果在野花丛中躺下来，我就跟天上的星星在一起了。可我不能躺下来，我深知星星离我很远，就像月亮离我很远，太阳离我很远。我唯一能感受到的，是它们的光源。这种自欺欺人的事情，我不会干。我相信野花懂我，不然它们也不会贴着地面开放。我们都是大地上的微小事物，就是盛开也要谦虚地盛开。太高傲、太张扬、太热闹、太艳丽，都会伤到我们自己。那天，我安静地跟黑马圈河草原上的野花相处了一个下午。黄昏时分，天空飘起了细雨。我和野花都没有打伞，我们就那样仰着头，纯洁而天真地接受雨水的洗礼和祝福。

（摘自《读者》2022 年第 22 期）

永远的守望

何建明

天山之北，戈壁如海，一眼望不到边际。戈壁上的风沙很大，汽车奔驰其上，像一叶小舟在大海中漂流……

那座山，叫北阳。在它脚下那片光秃秃的乱石旁，我们举起右手相互敬礼，然后紧紧握住彼此的手——这是战友间的见面礼。

"你也是 76 年的兵？"

"不，77 年的……"

差不多，差一年入伍，我们算是真正的战友。

他笑着说起了入伍时的经历："我是陕西人，当时家里特别穷，我就像杨柳抽条似的往高长，身高够了，但体重不足。在体检现场，我跑到一口井边咕咚咚地猛喝凉水，恰巧被接兵干部看到了。他问我为啥喝那么多水，我就实诚地回答体重不够。他拍拍我的肩膀，又问我为什么想当兵。我说，我要保家卫国。听后，他点了点头。"

1977年，他从陕西到了现在他家所在的地方——地处祖国边陲的新疆沙湾，成了一名士兵。6年后的1983年，他退伍回到老家，次年与本乡的一位姑娘结了婚。

蜜月刚满，他对新婚妻子说："我想回老部队那边。部队驻地附近的村上有一对无儿无女的老人，我在部队时经常带着学雷锋小组的人去照顾老人家，现在离开了，总觉得心里不踏实。更重要的是，山窝窝里有7座烈士墓也缺人照看……"

"那你早去早回，我在家等你。"妻子说。

他看着妻子，不说话。

"咋了？是要去好些日子？"妻子问。

他摇摇头，终于开了口："不是我一个人去，是带着你一起去。我们一起在那里住下，在戈壁滩上安个家……"

没有出过远门的她不知道戈壁滩是啥样，只想着要真去了就该有个自己的院子，有片自己的地，好种田，好生养娃，于是说："那能不能垦块地，稍大一点儿的？"

听了这话，他高兴地说："能，我保证，很大。你要多大，我就给你圈多大！"

她脸一红，说："好，我跟你去。"

就这样，小夫妻背着一床新婚棉被和4个装着生活用品的麻袋，从陕西老家来到天山北边的沙湾县卡子湾村。那天到的时候天已黑，他带着妻子来到一个用土墙围着的小院子前，对她说："到了，跟我进去见爹娘。"

"咋，你在这里也有爹娘？"妻子十分诧异，忙问。

他笑了，解释道："这家的犹培科大伯和张秀珍大妈没有孩子，以前我在部队时经常利用星期天带着学雷锋小组到他们家帮忙做些事情，两位老人就认我当干儿子了。你是我的媳妇，跟我进去一起叫声'爹娘'吧！"

在陌生又遥远的地方，有"爹娘"可叫，便能体会到一丝家的温暖。

第二天一大早，她就扯着他的衣襟，轻声说："走，看看咱家的地去……"

"行。"他领着妻子往后山走。

"这山上不像咱们家的黄土地，咋不生一根草苗苗、一根树枝枝？"她奇怪地踢着地上绊脚的石子问。

他说："这就叫戈壁沙漠。风大的时候，能把这些石子吹得飞起来。"他捡了块拳头大的石块说。

不好，沙尘暴来了！他拉起她的手，迅速躲到一处山窝里。他们的脚步刚刚落定，整个天空便像被一口锅倒扣着罩住了，天色暗下来，狂风挟着地面上的沙石，恣意摧残着大地。一块飞来的石头击中她的脚板，疼得她一下子瘫坐在地上，哭了起来，眼泪如断了线的珠子不停地落下来……

"你不是要看咱家的地有多大吗？起来，我带你去看看。"他连哄带骗地扶起她，朝已经平静了的戈壁深处走去。

他指了指漫无边际的广袤大地，像个拥有万贯家产的人，自豪地说："只要你不怕双脚累，凡是你能跑到的地方，都可以是你的地、你的田……"

"我不要，我只要一块能种菜、养鸡的地。"她说着，眼泪又落下来。

他一把将她驮在背上，说："好好，依你，等咱们看完我的战友们就全都依你啊。"他驮着她吃力地往北阳山的另一面走去……

她抹干泪，问他："你的战友们在哪儿？为啥一定要去看他们？"

他一边喘着粗气，一边细细道来："他们7个人都没结婚，一直躺在这么遥远偏僻的地方，平时只有我们一些战友来看看他们。如果我再不来守着他们，他们该多么孤单啊……"

她叹了口气，问："他们为什么会牺牲在这里？"

他语气沉重地说："都是为了保家卫国、戍守边疆而英勇牺牲的，都是烈士。"

走着走着，他突然停下了脚步，怔怔地望向山脚下……他猛地将她一放，飞奔向那片刚刚被风沙"扫荡"过的乱石滩。

她远远地看着，只见他疯了似的用手将几个被风暴吹得七零八落的坟茔重新垒起。"对不起啊，战友们，我来晚了。我向你们检讨！我保证，从现在起，我再也不离开你们了，我保证不让你们再被风沙摧残……"

这是她第一次看到他流泪，她似乎有些明白他的心事了。她走过去，蹲下身子，像丈夫一样用双手捧起一块块石头，轻轻垒在坟茔上……慢慢地，他笑了，向她投来感激的目光；她也笑了，向他投去理解的目光。

就这样，他们将小家安在了这片戈壁滩上，留在了这7位战友的身边……

我们现在应该知道他的名字了。他叫张秋良，一位为战友守墓近40年的老兵。

我见到张秋良的时候，除了家门口开设的"老兵驿站"和身上那套旧军装让他显得有些与众不同，单从外表上看，他已完全成了一个沙湾人：黝黑的皮肤，已经明显驼塌的腰板，以及一口纯正的当地方言。犹培科大伯与张秀珍大妈分别由他赡养9年和13年后去世。

"我来的那一年，我的老部队撤编了，这几座烈士墓也就没有人看管了。我觉得应该承担起这份守护战友的责任，就开始做烈士墓的义务守护人……"这一守就是近40年。

看着张秋良家简陋的陈设，我几乎能猜出这几十年他们是如何过来的。

在偏远的戈壁沙漠上安个家不容易，而要义务管理一片烈士墓地，对张秋良一家来说，要面对的困难就更多了。

"收入靠什么呢？"这自然是我最关心的事。

张秋良向我伸出手，然后一展双掌，笑了："就靠它们。我没有学过其他手艺，只会打土坯，就是家家户户垒墙的土坯砖……年轻时一天能打1300块左右，一天挣上五六块钱，现在年岁大了，也能打1000块左右。"

听着他的话，我的眼前立即浮现出一位复员老兵挥汗打土坯的身影，从青春到年老，日复一日地劳作，只为了完成心中那一份承诺。

风雪交加的春节，张秋良带着烟酒食品到战友墓前和他们一起过节；每逢清明节，他都会到战友墓前，代他们的亲人祭扫；骄阳如火的"八一"，他带着军旗来到墓前，为战友们唱起嘹亮的军歌。

这些事，是张秋良和家人年复一年必做的。不论寒暑，无惧风雪，从未停歇。他外出不在家时，他的妻子和孩子也会按时去墓地替他完成。

"我守护的这几位烈士，都牺牲在我入伍前后不久的时间里，全都是20岁左右。他们中有陕西的，也有从四川、江苏、山东和河南入伍的，都没成家。没有与其他6位烈士安葬在一起的谷克让烈士，是位班长，1976年入伍，牺牲时只有20岁。他用生命保护了8名战友。谷克让的事迹，我在跨进军营时就知道，而且被深深地感动了。日久天长，我一直有个愿望，去看望一下烈士的亲人。"

一次回老家陕西探亲，张秋良通过战友提供的地址，找到了陕西籍烈士胡咸真的家，见到了胡咸真的母亲。当时，胡咸真的母亲已经70多岁，因为儿子的牺牲，她的双眼早已哭瞎。当张秋良坐到胡咸真母亲面前时，双目失明的老人用颤巍巍的双手不停地抚摸他的脸："儿子你总算回来了，娘想你啊！"说着，老人便号啕大哭起来。

"克让娃啊，娘来看你了……"2019年9月8日，西北边陲的戈壁滩上秋风瑟瑟，谷克让烈士89岁的母亲由张秋良和几位沙湾老乡抬着来到儿子的墓地。那场景，张秋良至今难忘："满头白发的老人家把脸久久地贴在儿子的墓碑上，喃喃地说'娘死了就来陪你'，现场的人没有一个不掉眼泪的……"

"孩子，我给你磕个头……"祭奠完，谷克让的母亲一边抹泪，一边感激地拉住张秋良夫妻的手往下跪。

"使不得！大娘您快起来……克让班长是我的战友，更是我的哥哥，我们一家人不说两家话啊！"张秋良赶紧扶起老人家。那一刻，他和烈士的亲人们，成了真正的一家人。

如今，张秋良的家已经是远近闻名的"老兵驿站"，他不仅负责接待7位烈士的亲人，更多的是接待那些认识或不认识的，来自全国各地的战友、朋友。

近年来，当地的退役军人事务部门在关爱烈士方面发挥了越来越重要的作用。守护那个烈士墓地的人也不再是张秋良一个，他的大儿子如今成了第二代守墓人……

"逢年过节为烈士战友扫墓的事，我必须去。"采访他的那一天，他带着我这位老兵，徒步来到烈士墓前，我们一起向长眠在此的烈士敬献了鲜花并三鞠躬。

转过身，我见张秋良跪在地上，虔诚地整理着每座烈士墓……近40年了，他仍像第一次做这件事时那样毕恭毕敬、一丝不苟。

我的双眼不由自主地模糊起来。

（摘自《读者》2022年18期）

闻先生真是一团火

王京雪

2022 年 4 月 2 日至 7 月 3 日，"红烛颂：闻一多、闻立鹏艺术作品展"在清华大学艺术博物馆举行。在这场父子二人的作品展上，观众很容易便能察觉到一种传承的流动，看到诗人、学者、民主斗士之外的"艺术家闻一多"。同时，从照片、信札和闻立鹏的画作与讲述中，人们还会看到"父亲闻一多"的形象，并惊讶地发现，刚烈的勇士，原来有一副柔软的心肠。

家　书

"这一星期内，可真难为了我！在家里做老爷，又做太太；做父亲，还要做母亲。小弟闭口不言，只时来我身边亲亲。大妹就毫不客气，心直口快。小小妹到夜里就发脾气，你知道她心里有事，只口不会说罢了！家里既然如此，再加上耳边时来一阵炮声、飞机声，提醒你多少不敢想的事，令你做文章没有心思，看书也没有心思，拔草也没有心思……你不晓得男人做起母亲来，比女人的心还要软。"1937 年 7 月 15 日，卢沟桥事变爆发一周后，闻一多在给妻子高孝贞的信中如此感叹。

半个月前，高孝贞带着长子闻立鹤、次子闻立雕回湖北老家省亲，闻一多同 3 个更年幼的孩子留在北平清华园的家中。信里的"小弟"，就是闻一多的三子闻立鹏。

平静的生活被侵略者的炮火打碎。3 天后，闻一多带着儿女和女佣赵妈匆匆南下逃难，一路颇为狼狈。时年 6 岁的闻立鹏还不太理解大人们的紧张，被孩子的眼睛留存进记忆深处的画面，是他们逃到南京后，坐船去武汉，"看到了大轮船"。

在武汉，闻一多与家人团聚没多久，就于同年 10 月独自离家，前往长沙，担任西南联大的前身——长沙临时大学的教授。此后，近一年时间，他与妻子儿女分隔两地，只能借一封封家书倾诉思念。

"家书抵万金。"闻一多是个恋家的人，常常一离家，就翘首期盼起亲人的来信。在美国留学时，他就数次写信抱怨家里人来信太少，直白地问弟弟："久不写信何故？"问妹妹："为什么不多写些好的长的信来呢？"还问双亲和妻子："留学累月不得家书之苦唯我知之！"

赴美第一年年底，闻一多的第一个孩子——女儿闻立瑛出生。家人没有及时告知闻一多，这令他很不满，给父母写信说："孝贞分娩，家中也无信来，只到上回父亲才在信纸角上缀了几个小字说我女名某，这就完了。大约要是生了一个男孩，便是打电报来也值得罢？我老实讲，我得一女，正如我愿，我很得意。我将来要将我的女儿教育出来给大家做个榜样……我的希望与快乐将来就在此女身上。"遗憾的是，4年后，闻立瑛因病早夭。

诗人总是有话直说，从不吝啬在信中表达对妻子儿女的热切情感。

日后成为画家的闻立鹏，早记不清年幼时在给父亲的信里画过什么，他笑着说："六七岁的小孩会画什么？胡涂乱抹吧。"但这幼童的"胡涂乱抹"正是闻一多一再急切索要、倍加珍惜的。

孩子们的每封信都被父亲郑重其事地对待。他夸长子立鹤的信写得好，拿去给朋友们看，赚来一圈赞美。他怪次子立雕不多写信："难道我一出门，你们就把我忘记了吗？"儿子们的信写得比从前语句更通顺、字迹也更整齐了，他高兴得"今天非多吃一碗饭不可"，还大力夸赞："你们的信稿究竟有人改过没有？像这样进步下去，如何是好！"

闻一多是那种不轻易否定孩子的父亲。他极关心子女的健康和学业，时常询问子女读书的情况，虽然一直忧心次子功课不好，却又特地在给妻子的信里强调："雕儿玩心大，且脾气乖张，但绝非废材，务当遇事劝导，不可怒骂。对鹏儿名女，亦当如此。"

"他是个慈父，脾气好，几乎从不对我们发脾气。不是那种严肃、权威、老古董似的父亲。"闻立鹏说。

对孩子，闻一多有万般耐心与柔情。1938年2月，战争逼近湖南，长沙临大再迁至昆明，闻一多参加由近300名学生组成的"湘黔滇旅行团"，徒步3000里地前往昆明。出发前，他在家书中提及上回离家时与儿女们道别的情形："那天动身的时候，他们都睡着了，我想如果不叫醒他们，说我走了，恐怕他们第二天起来，看不见我，心里失望，所以我把他们一一叫醒，跟他们说我走了，叫他们再睡。但是叫到小弟，话没有说完，喉咙管硬了，说不出来，所以没有叫大妹，实在是不能叫……

出了一生的门，现在更不是小孩子，然而一上轿子，我就哭了……40 岁的人，何以这样心软。"

从年少读到年老，每次读这封信，闻立鹏都会心头泛酸。他已记不得在睡梦里被父亲叫醒的画面，记不得父亲说不出话的样子，记不得父亲说过什么……所幸有家书，定格了这被年幼的小儿女忽略的深情，封存起一个父亲对孩子永久的爱意。

背 影

1938 年 8 月底，闻一多终于设法将家人接至昆明。此后，他们一家在昆明住了 8 年。

对昆明这座城市，闻立鹏怀着复杂的情感。在那里，有他与父亲共度最久的一段光阴，有他最珍贵的童年记忆，可也是在那里，他失去了父亲。

"我印象最深的画面，是父亲的背影。"闻立鹏说，"那时条件困难，一间屋子既是我父亲的书房、会客室，又挤着我和妹妹的床，还有我父母的床。有时我夜里醒来，就看见父亲还披着衣服、弓着背，坐在桌前刻图章。"

1944 年，战时物价暴涨，闻家人口多，闻一多的月薪仅够一家人勉强支持 10 天左右。书籍衣物变卖殆尽后，他去校外兼课、写文章、做报告，为节省炭火，在腊月带着全家大大小小的孩子去小河边洗脸……虽想尽一切办法，但一家人仍时不时在断炊中度日。直到闻一多在朋友建议下公开挂牌，为人刻印，成为一个"手工业劳动者"，家中的经济状况才有所改善。然而闻一多的面容日渐消瘦，手指上也磨出了硬茧，但在最劳碌的日子里，他依然是那个几乎从不对子女发火的好脾气父亲。

闻立鹏记得，有一回，二哥闻立雕从学校拿回一块钠，放入盛水的茶壶，试着按课堂上教的钠加水产生氢气的原理制造氢气，结果钠放得太多，引起爆炸，伤到了围观的大妹。"二哥闯了祸，我们都吓坏了，没想到父亲并没责备我们，只是借此讲了个道理，说了句谚语：'一知半解是危险的事。'"闻立鹏说。

闻一多会郑重对待年幼儿女的书信，也会郑重倾听孩子们的意见。

有一回，闻一多的小女儿闻惠羽在家里闹脾气，被闹得心烦、无法工作的闻一多一反常态地打了女儿两下，结果被儿子闻立雕质问："你平时天天在外面讲民主，怎么在家里动手打人！这叫什么民主？""今天是我不对。"闻一多向儿女承认错误，"希望你们以后不要这样对待你们的孩子。"

1945年，通货膨胀严重，闻一多提高了自己治印的费用，被长子闻立鹤责问："这是不是发国难财？"闻一多沉默良久，说："立鹤，你这话我将一辈子记着。"

后来，常有人问闻一多的子女，闻一多是怎么教育孩子的。

在闻立鹏的印象中，父亲也不曾对他们兄妹提过多少要求和期望，除了在给哥哥们的信中说过："务必把中文底子打好。我自己教中文，希望我的儿子在中文上总要比一般人强一点儿。"

闻立雕也曾在文章中写过，父亲是寓教于日常生活，身教多于言教，熏陶和潜移默化多于灌输。"例如，他要求我们每个孩子都要好好读书，而他自己只要没别的事，就放下碗筷坐到书桌前，不是看书就是写东西，天天如此，月月如此，年年如此。受他的影响，我们自然也就形成了看书写字的习惯。"

为国担当，为家担当。无须说太多，闻一多只需做自己的事，他走在前方的背影，便是对儿女们的指引。

父　子

抗战胜利后，西南联大宣告解散，师生分批返回平津。

因为机票紧张，闻立鹏与二哥闻立雕遵循家中安排，先行飞往重庆，在那里等待与家人会合，再一同返回北平。

1946 年 6 月 29 日，闻一多在百忙之中给两个儿子写信，信末说："我这几天特别忙，一半也是要把应办的事早些办完，以便早些动身。小弟的皮鞋买了没有？如未买，应早买，因为北平更贵。"

"在昆明，我和妹妹从没穿过皮鞋，一直穿母亲做的布鞋，父亲知道重庆的猪皮便宜，所以这样提醒。"闻立鹏解释。忙碌中的父亲，一如既往地细致，连这样小的事也牵挂在心。

没人料到，这会是闻一多的最后一封家书。半个月后，7 月 15 日，闻一多在李公朴追悼大会上拍案而起，即兴发表了著名的《最后一次讲演》："我们随时准备像李先生一样，前脚跨出大门，后脚就不准备再跨进大门！"当天下午，他在回家途中遭国民党特务杀害，与其同行的长子闻立鹤扑在闻一多身上试图保护父亲，身中 5 弹，死里逃生。

这一年，闻立鹏 15 岁。回北平后，闻立鹏进入北平四中继续读书，座位斜对面是两个上学坐吉普车、上课玩手枪的国民党高干子弟。因此他不愿留在四中。1947 年，闻立鹏背着母亲打好的行装，前往晋冀鲁豫解放区，进入北方大学美术系学习。

闻一多生前非常向往解放区，曾说过将来要把孩子们都送去那边学习。"因为我是闻一多的儿子，老师、同学待我特别好。我在班里最小，大家叫我'小弟'，对我百般照顾。睡地铺时，几个同学帮我铺好稻草，他们一边一个，让我睡在当中。"闻立鹏深情地回忆着。

"大家对我的另眼相待，包含着很深刻的感情，使我觉得身为'闻一多儿子'，有着更重的分量。"在解放区，闻立鹏第一次用不同于儿子看父亲的目光注视闻一多，他开始更深入地理解父亲的其他身份，并在此后的漫漫人生路上，不断加深对父亲的认识。

闻一多生前没给子女们立下什么家规家训，但闻家几兄妹似乎都有些共同的脾性和不言自明的准绳。

"要踏踏实实做人。做个真正的人，大写的人。"闻立鹏将重音落在"人"字上，"始终坚信真理和正义，向好的靠拢，向好的学习。"

红　烛

从年轻时拿起画笔开始，闻立鹏就想画自己的父亲。30 余年后，他终于在 1979 年完成了关于闻一多的经典作品《红烛颂》。

1978 年，构思这幅画作时，闻立鹏的年纪正好到了父亲辞世时的 47 岁。此后每个春秋，他都比父亲更年长。

画面上，一根根红烛燃烧在烈火中，闻一多口衔烟斗，回眸凝视。

红烛的意象，来自闻一多的首部诗集《红烛》的序诗：

> 红烛啊！
>
> 你心火发光之期，
>
> 正是泪流开始之日。
>
> ……
>
> 红烛啊！

你流一滴泪，灰一分心。

灰心流泪你的果，

创造光明你的因。

红烛啊！

"莫问收获，但问耕耘。"

经历过风浪，对人生有了更深的理解后，闻立鹏重读《闻一多全集》，反复吟诵父亲的诗句，逐渐将红烛视为闻一多人格的象征。对于父亲，闻立鹏最希望人们看重的，莫过于其独特的人格。

"在艺术上、文学上、学术上，比父亲有成就的人还有很多。但在人格与精神层面，他有更独特、更值得人们关注的东西。"闻立鹏说。

要如何形容闻一多的人格呢？闻立鹏提起朱自清的那句话："闻先生真是一团火。"这火永不熄灭。

（摘自《读者》2022 年 17 期）

从清华杂役到抗日英雄

阎美红

清华大礼堂西侧水木清华"北山之阴"有一座清华英烈纪念碑。碑石高约2米，正面镶有"祖国儿女　清华英烈"8个铜铸大字，背面镌刻着"在抗日战争和解放战争时期献身的清华英烈永垂不朽"字样及清华英烈的名字，我的祖父阎裕昌便是其中之一。

梅贻琦家中的一名杂役

阎裕昌，号锡五，1896年10月13日生于北平郊区，幼年读过几年私塾。他23岁时进入清华学校，在校长梅贻琦家做杂役。当年梅贻琦家中有一辆小轿车，那时的车需要充电后才能使用，很耽误时间。有一次，梅贻琦在给自己的汽车充电，阎裕昌站在一旁观看，把充电线路的接法记在心里，事后还画了一个草图。后来，梅贻琦无暇充电时，不等他吩咐，阎裕昌便把电池充满了，梅贻琦对此很高兴，认为他爱学肯干，有培养前途。

不久，梅贻琦见到叶企孙，说："我家有个杂役，人很聪明、好学，你若需要可借你用两个月，放在我家屈才了。"就这样，阎裕昌便到物理系，在叶企孙的领导下上班了。梅贻琦再见到叶企孙，问："阎裕昌怎样？自他走后，我家很乱，他若能回来才好。"叶企孙说："您再找人吧，阎裕昌太难得啦，我长期留用，不能归还。"

阎裕昌在叶企孙的帮助下进步很快。1928 年，阎裕昌到物理系实验室工作，愈加努力钻研，对解决各实验室不同需要的直流供电线路问题做出了贡献，得到叶企孙的赏识，1931 年被提升为实验员。

每上一堂课，阎裕昌都要在课前把仪器准备齐全，上课时配合教授所讲内容进行实验展示。他课上细心操作，课下认真准备，不断改进已有的仪器，筹划制作新的仪器。他听说北平城里某个银器作坊有位姓丁的老工人，做的银质小火车头很精致，用酒精作燃料还能运行，立即登门拜访，专门学习制作仪器设备供教学使用。他在京西蓝靛厂火器营访到一位能制造土火箭的人，也积极向系里推荐，得到系里同意后将其请进实验室，协助进行有关火箭的研究。大家都称赞：阎裕昌是一位难得的优秀实验员！

一二·九运动后，北平学生的抗日救亡情绪十分高涨，1936 年成立了中华民族解放先锋队。当时先后担任清华大队长的是李昌和凌松如，物理系学生葛庭燧等人担任中队长，组织了外围群众团体"实用科学研究会"，很多清华学生都申请参加。

为了扩大影响，同学们决定举办一次民众招待会，向群众宣传科普知识和国防科学。这项倡议遭到学校一些人的反对，后来通过叶企孙的反复游说和担保，物理系才同意借出仪器，在清华同方部请熊大缜做关于太阳、空气和水的讲演，阎裕昌配合演示。当天晚上还放映了一部科普电影，他们在礼堂前面的草坪上临时搭了一个大架子挂上幕布，熊大缜和阎裕昌一起在大礼堂二楼的窗口向外放映，上千名清华人和校外老百姓席地而坐观看科普电影，受到一致好评。

护送"国宝镭"

1937 年七七事变后，8 月 24 日清华奉命南迁。为保护北平校产，"清华平校保管委员会"成立，阎裕昌是委员会的一员。他同美籍教授温德等人一起担起保护校产的重责。

阎裕昌长子阎魁元回忆，1937 年某一天深夜，父亲把他和弟弟阎魁恒叫到院子里，让他们看一件宝贝。他说着拿出一个保温杯大小的铅罐，打开盖子后让两个儿子快速看了一眼，马上盖好放在一旁，回屋后问他们看见了什么？儿子答，没看太清楚，但有比萤火虫发出的光大一些的蓝光一闪一闪。他告诉儿子："这是镭，别处没有，不要乱说，要保密，而且这东西有害，不能多看，会伤身体。"

那天晚上，在孩子们都睡下之后，阎裕昌便把铅罐放在后院墙角处的废砖堆里，用碎砖头盖上。

阎裕昌将镭藏在家中，思来想去，觉得珍贵的镭必须尽快转移到更安全的地方去，便思考着如何将镭送到天津叶企孙处。

1937 年 10 月的一天，天津英租界 13 号路戈登道 19 号，天津清华大学同学会小洋楼院内，走上十几级台阶，进到一楼右手第一间临街的会议室。会议室内，病愈后有些清瘦的叶企孙先生就住在这里。

清晨5点，一个衣衫褴褛，头顶破草帽，一手拄木棍，一手提着个瓦罐的乞丐出现在小楼前的台阶上。叶企孙的学生何水木正要打发他离开时，"乞丐"说："我从北平来，有要事要见叶先生。""你是何人？叫什么名字？""我叫阎裕昌。"叶先生一听说来人是阎裕昌，急忙迎了出来。"乞丐"快步走上台阶扔掉木棍，摘下破草帽，大声说："叶院长，我是阎裕昌啊！"叶先生上前，激动地说："阎裕昌，真的是你呀！让你受苦了，快快进楼里歇息。"

阎裕昌双手紧抱着瓦罐正要上楼，何水木说了声："那个破瓦罐，您就别往楼里拿了，我替您把它扔掉吧！"

阎裕昌一听，当即道："你懂什么！这个破瓦罐可是我拼着性命带来的！"

在一楼会客室里，阎裕昌双手捧着瓦罐递给叶企孙，同时自豪地说："叶院长，您交给我的任务，我完成了……我们清华实验室里的稀有金属镭就存放在这个瓦罐里。"

叶院长、熊大缜、何水木都感到震惊与兴奋，叶先生激动地说："阎裕昌，你为清华，也为国家做了一件大好事！你用性命运来的镭先原封不动藏到地下室去，我们再找机会派人带去昆明，交给梅校长。此事关系重大，就只有我们4个人知道，一定要严加保密！"

阎裕昌简单地向叶先生报告了一路假扮乞丐从北平到达天津的过程。当晚，叶先生做东，为他接风洗尘。而后，镭由叶企孙托美国教授华敦德携至南昌，华敦德因受到辐射而患风瘫，阎裕昌显然也受到了伤害。清华迁至昆明，召阎裕昌去那里工作，当他准备好行装正待动身之际，遇到了从冀中回来求援的汪德熙，他来寻求解决烈性炸药起爆难问题的方案。叶先生用信任的目光看着阎裕昌，然后便请阎裕昌随汪德熙到冀中走一趟。阎裕昌很激动，因为他很早就想到冀中根据地去。

偷运"肥皂"

1938 年初春，阎裕昌经叶企孙教授的指引，走上革命道路。这期间，他改名门本中，意为：中国乃我中华民族之大地。北平沦陷后，叶企孙教授滞留天津，在清华天津临时办事处负责善后工作，协助清华师生及物资向西南转移。他不顾个人安危，与共产党地下工作者携手合作，资助清华学生和教职员，这批人有的秘密去了抗日根据地，有的在天津为冀中抗日游击队制造炸药、购买武器。阎裕昌便是他们中间最活跃的一位。他先是在天津帮助叶企孙办理清华师生南撤的事，之后参加了支援抗日游击队的秘密工作，到冀中后和清华物理系毕业生熊大缜一同工作。

熊大缜当时是冀中军区供给部长兼技术研究社社长，阎裕昌是技师，是技术研究社的主要负责人之一。他们和从北平、天津等城市去的大学生一起，克服物资短缺的困难，因陋就简，研究生产炸药，制造手榴弹、地雷等武器。

阎裕昌为了帮助清华大学、燕京大学等学校的人员来根据地参加抗日工作，经常穿越敌人封锁线，来往于北平、天津、保定之间。他常常把写有被访人姓名和地址的字条藏在家中不易被发现的地方，还再三叮嘱妻子对任何人都不要说出去。后来字条上的人在阎裕昌的联系帮助之下，去了抗日根据地。

吕正操撰写的《冀中回忆录》一书中记述了熊大缜、阎裕昌出生入死、无私奉献的事迹。那时冀中军区对他们的要求是：一是教会根据地做雷管；二是做烈性炸药；三是做地雷。他们首先在城市试制出炸药，装入木箱或纸箱子里，写上"肥皂"运到冀中。他们利用冀中遍地都有的硝酸盐制造火药，用铂丝制造电雷管，并进行了几次自制炸药的爆炸试验，效果很好。20斤炸药就把火车头炸坏了，40多斤炸药就能把火车头炸得粉碎。冀中军区组织了爆破队，在铁路工人的配合下，用自制的炸药对平汉铁路进行了爆破。

地雷战的奇迹

群众喜爱电影《地雷战》的主要原因是这部片子特别令观众扬眉吐气，而创造这个奇迹的英雄是阎裕昌、汪德熙、熊大缜以及指导他们的叶企孙。

1941年12月日本偷袭珍珠港后，美国对日宣战，我国华北战场进入最惨烈的阶段。1942年5月1日，日寇在冀中合围扫荡。李培刚回忆说："5月7日，阎裕昌带领部队把东西埋起来，制药厂东西多，一直到后半夜4点多，几乎搞了一夜才做完。"这时敌人已经包围了村子。5月8日，阎裕昌为掩护制药厂设备，不幸被日寇所俘，遭到严刑拷打，威逼利诱均被他严词拒绝。凶残的敌人最后用铁丝穿透他的锁骨游街让老百姓指认，老乡们都认识这位教他们做炸药、做地雷的门技师，但没有一个人出卖他。他一路高呼："日本鬼子一定失败，日本鬼子是中国人民的死敌！"日寇把阎裕昌抓走了，谁也不知道他受了多少残酷折磨。阎裕昌被俘后，部队马上给保定、北平、天津敌工部去信请求营救，但为时已晚！

当时阎裕昌的家人还以为他去了昆明，和他失去联系长达8年。1946年夏，晋察冀军区根据他的业绩和贡献，按照中国人民解放军营团级抗日牺牲将士追授"革命烈士"称号。

　　阎裕昌的浩然风骨得到了方方面面的高度赞誉。吕正操在《冀中回忆录》一书中写道:"门本中(阎裕昌)是爆破队研究室的主要负责人,到根据地后有人叫他门技师,有人叫他工程师。门本中同志在敌人面前坚贞不屈,是中国爱国知识分子的一个典型人物。他为冀中区和晋察冀边区的军工生产贡献出了自己的一切。"他的功绩将与地雷战的威名一起流芳于世,他的事迹是千百万爱国知识分子投身抗日洪流的一个缩影。

（摘自《读者》2022 年第 20 期）

善良、快乐、智慧与道义

骆玉明

　　我想给大家解释几个名词。我要说的第一个词是"善良"。善良是什么呢？是一个祝福。

　　我记得很清楚的一天，是 2006 年 4 月 21 日，我小女儿出生的那天。晚上我从医院出来，坐地铁回家，地铁里有一个女人在卖报纸，她背着一个小孩，小孩已经睡着了，垂着头，但女人手上的报纸还有一厚沓。我自然想起自己的女儿，我希望我的女儿来到一个好的世界，希望这个世界能更好一点儿。于是，我就把那个女人剩下的报纸都买下来，然后对她说："小孩睡着了，你赶紧带他回去吧。"

　　我想这个世界确实比以前的好了一点点，这一点点就是那个小孩可以比较舒服地早睡一两个小时。所以，当我们说善良是一个祝福的时候，它不仅仅是我们对他人的祝福，也是我们对自己的祝福，更是对这个世界的祝福。当我们表达善意的时候，这个世界就比原来好一点点。

同学们离开学校后，会遇到很多人、很多事情，有时候可能心情很坏，怎么办呢？能不能对世人保持善良呢？《金刚经》里有一句话："心生种种法生。"世界上其实本来没有仇人，因为有仇恨，所以才会有仇人。如果人和人之间有更多的善良，那就不会有仇人。

第二个词是"快乐"。快乐是一种能力。我们感觉不快乐的时候，往往会抱怨周围的人和环境，但有时候，可能是因为我们缺乏一种能力，所以才会不快乐。比如《红楼梦》里林黛玉为什么整天不快乐？她的身体不好。史湘云的境遇比她差多了，但史湘云快乐。史湘云为什么快乐？因为她身体好啊！你看她一顿要啃两大块肉，若啃完以后再嗲兮兮、娇滴滴的，愁眉苦脸，唉声叹气，那像什么？所以我们讲快乐的能力，首先是拥有健康，当我们健康时，我们的不快乐就会减少。

当然，我们说的能力，包含许多方面。我想起一件事情。有一个同学毕业后到我这里来，埋怨领导不器重他。我就对他说，其实重要的不是器重不器重，重要的是"重"，你要是不"重"的话，人家想器重你也很难；如果你"重"，他不器重你，那就是他傻。

还有一个问题是，如果你一味地追求快乐，那么你的快乐就不容易实现。怎么办呢？我们需要去平衡欲望和能力的关系。通常情况下，我们不快乐是因为我们的欲望大于我们的能力。《世说新语》里有一种对人的评价，说一个人"志大其量"，必定不得善终。如果一个人的志向大于他的器量，那他注定是没有好结局的，因为他的能力承载不了他的欲望。同理，当我们的能力大于我们的欲望时，我们的快乐就会多一些。

第三个词是"智慧"。智慧是什么呢？它可能是一种痛苦。

我小时候喜欢抄各种格言。有一次我抄到高尔基的一句话："智慧就是痛苦。"那时候我认为自己还是有智慧的，抄这句话的时候很开心，因为我忽然知道了自己为什么痛苦。

虽然我智慧不多，但是在理解这句话的时候，还是会想到很多：首先我们是不完美的，我们常常因为自己的愚昧或者过多的欲望，而陷入泥沼；社会是不完美的，社会总是充满各种各样的问题；历史也是不完美的，你会发现历史的进程里有很多灾难不应该发生。归根结底，人类是不完美的。

于是，我们感受到痛苦，但如果你认真地凝视痛苦，它就可能带来一些美的东西。比如屈原是痛苦的，但《离骚》是美的；阮籍是痛苦的，但《咏怀》是美的；鲁迅是痛苦的，但《野草》是美的。也就是说，我们在看待不完美的时候，可以用一种我们所能创造的美去弥补它。

第四个词是"道义"。道义是一种责任。

《论语》里有一句话，最能表达儒者的志向和儒家的人生态度，这句话就是"士志于道"。士当然是普通人，他有普通的生活，要养家糊口，要买奶粉、买尿布，要服务社会，跟常人一样。但是有一点不同，一个"士"，其真正的人生价值和最高的人生目标是"道"，也就是追求真理，确认行为符合正义的价值观，守护正义的价值观。

那么，读书人为什么非得"志于道"？因为知识是人类的财产，我们所拥有的知识是人类在蒙昧和苦难当中寻求和创造的财富，我们是财产的继承人，因此我们有责任。

大学毕业后，你们会走上不同的岗位，从事不同的职业，拥有不同的生活。我们不能要求每一个人都承担重大的社会责任，但是无论在何种条件下，我们都应该记住，我们是读书人，我们是懂得道义的。孟子说："人之所以异于禽兽者几希。"人区别于禽兽的地方只有一点点。人决定自己是善的，决定历史是正义的，人因此而成为人。那么，人就需要在时间的进程里不断地探究人性在根本上的善和历史在根本上的正义。这是辛苦的工作，是读书人需要做的工作。

祝愿大家以一种善良的态度生活，拥有快乐，拥有智慧，并且始终执守道义。

（本文为作者于 2021 年 6 月在复旦大学中文系毕业典礼上的演讲）。

（摘自《读者》2021 年第 16 期）

落日大旗

徐　佳

陈眉公到了耄耋之年，自重身价，已经很少夸人。

那一年，他却忍不住提笔写了首《夏童子赞》，夸奖一个小孩子。诗中写道："包身胆，过眼眉，谈精义，五岁儿。矢口发，下笔灵，小叩应，大叩鸣。"五岁小儿即可谈论儒家义理，可谓神奇，难怪眉公要写在诗里。

等到这个小孩长到八岁，另一位大名士钱谦益见了之后，甚至写诗说"若令酬圣主，便可压群公"，这个褒奖可谓惊世骇俗。

这个小孩就是夏完淳，其父是夏允彝，其师是陈子龙。

夏氏父子，也成为《松江邦彦图》里唯一的一张"合影"。

与其师陈子龙一样，夏完淳也是出生在一个"素封之家"，祖上都是务农，到了父亲才通过科举，成为真正的士大夫。1637年，他的父亲允彝与陈子龙同年考中进士，外放福建长乐知县，带着小小的"端哥"，在福建生活了五年。（十年之后，天崩地裂，国破家亡的夏完淳写诗说"武夷空翠如天际，夜夜随君梦里行"，到那时，他将无比怀念和父亲在福建的日子。）允彝在国，颇不负所学，清廉自守，善待百姓，短短五年，长乐百废俱兴。且其善断疑难案件，以至相邻郡县有什么难以判决的案件，上司便移交到长乐来。他不避权贵，甚至不惜得罪称雄一方的福建总兵郑芝龙。在考察全国官吏的"上计"之后，时任吏部尚书郑三俊推荐了全国七个政绩卓著的知县，列允彝于首。崇祯皇帝亲自召见了他，还把他的名字写在了自己书房的屏风上，以示褒奖。正要委以重任，恰逢允彝母亲去世，他只能丁忧回乡。

在此期间，夏完淳拜陈子龙为师，从此开始了他追随卧子、生死系之的人生。拜师的故事也饶有趣味，陈子龙来拜访允彝，恰逢其不在家，夏完淳出面接待。子龙见其案头摆有一本《世说新语》，就问他："诸葛靓不见司马炎，嵇绍却死于荡阴之役，何以忠孝殊途？"诸葛靓是魏国扬州刺史诸葛诞之子，其父为司马氏所杀，他逃亡东吴，吴国灭亡后，他终身不仕，司马炎与其有旧，数次召见，他都不见；嵇绍是魏国大名士嵇康的儿子，嵇康为司马氏所杀，嵇绍却做了晋朝的忠臣，在战场上为保护惠帝而赴死。二人也都是《世说新语》里的人物，其所作所为，究竟哪个是忠哪个是孝呢？陈子龙抛出了这个尖锐的问题。夏完淳随即回答："此时当计出处。苟忆顾日影而弹琴，自当与诸葛为侣。"他用的也是《世说新语》里的典故，"顾日影而弹琴"是描写嵇康临刑弹奏《广陵散》的情景，说如果嵇绍回忆起这个场景，自然能够像诸葛靓一样。子龙拍手道："君言先得吾心者。"

通过这场对话，陈子龙意识到这个少年不仅有才学，而且有自己清晰的是非观念，有望传承自己的衣钵，于是收其为弟子。他们师徒行走于山水之间，研习经典，吟诗填词，畅谈天下大事，说到激动处，拔剑击柱长叹息。

不久，甲申国变，当子龙谋划招募水师北上天津的时候，允彝选择了策马西行，到南京劝说史可法起兵勤王。南京城破后，年仅十五岁的夏完淳追随父亲和老师，散尽家财，购买战船，在家乡组建了一支义军，与南渡的清军铁骑作战。在戎马之间，他写下一首诗记录当时的心境："复楚情何极，亡秦气未平。雄风清角劲，落日大旗明。缟素酬家国，戈船决死生！"兵败之后，父亲自尽。他忍住悲痛，擦干眼泪，与老师子龙、岳父钱栴三人歃血为盟，一起在太湖之上继续抗清，并上书监国鲁王，共谋恢复大计。

在他亲自谱写的一首散曲里，他倾诉着自己的痛苦心境："两眉颦，满腔心事向谁论？可怜天地无家客，湖海未归魂。三千宝剑埋何处？万里楼船更几人！英雄恨，泪满巾，何处三户可亡秦！"这个十五岁的少年，是一个"天地无家客"，国破家亡，他只能丢掉所有的书、艺术，甚至爱情，拿着剑，走向沙场。即使在自己的老师面前，他也只能表现自己坚强的一面，不能哭泣，不能软弱。在这个曲子里，他甚至说"极目秋云。老去秋风剩此身，添愁闷，闷杀我楼台如水镜如尘"，本是游戏人生的年龄，他却有了"老去秋风"的迟暮悲凉。

"想那日束发从军，想那日霜角辕门，想那日挟剑惊风，想那日横槊凌云。帐前旗，腰后印，桃花马，衣柳叶，惊穿胡阵。"是啊，束发从军，他的生命里再没有诗意，只有悲愤与复仇。

两年后，他敬爱的老师陈子龙被俘，自尽于松江之水。孤独的夏完淳没有选择停下，或者像那个时代的大多数人一样选择逃避，而是继续在山间作战。

最终，他写给鲁王的奏折被清人截获，地址泄露，他很快被捕，押送南京——沿着老师的道路。他路过一片山间树林，那里离老师自尽的地方很近了，他终于压抑不住自己的情感，痛哭起来，写下一首《细林野哭》，悼念自己的老师。他回忆"去年平陵鼓声死，与公同渡吴江水"，我们一起渡河作战，"今年梦断九峰云，旌旗犹映暮山紫"，此刻血染的旌旗还在，老师却不在了。"黄鹄欲举六翮折，茫茫四海将安归？"四海之大，我又将去往何处？"肠断当年国士恩，剪纸招魂为公哭"，他为老师招魂，也为故国招魂。

在南京，洪承畴亲自审讯他。洪承畴本是明朝的三边总督，后在松山之战后降清，作为急先锋，南下江南。洪承畴见他是个少年，动了恻隐之心，有意保他一命，说："这是个年幼无知的孩童，哪里懂造反，估计是被人蛊惑了。归顺大清吧，在我部下做官。"夏完淳故意问"你是何人"，当旁人告诉他这就是大名鼎鼎、威震四海的洪承畴时，夏完淳大声说："洪承畴大人战死沙场，名垂千古，先帝亲自祭奠他，此人一定是假冒的！"洪承畴羞愧难当，挥手命人杀掉夏完淳。

当时，夏完淳的岳父钱栴也在现场，他也是一位正直的士大夫。生死关头，他面色如灰，垂头丧气。完淳回头，笑着对他说："当日，您、子龙先生和我一起歃血，现在我们慷慨同死，一起去见陈先生，不也是大丈夫吗？"

钱栴点点头，于是二人一起被杀。

这是他对岳父说的最后一句话。写到这里，忽然想起夏完淳初见岳父说的第一句话，那时，他还是个九岁的孩子。他问钱栴："时局如此，不知您在研读何书？究心何事？"钱栴大吃一惊，不知如何回答，只好说："是和令尊大人一样啊。"

夏完淳在最后的日子里，写下一些与这个世界告别的文字。比如那首告别故乡的《别云间》："三年羁旅客，今日又南冠。无限山河泪，谁言天地宽。已知泉路近，欲别故乡难。毅魄归来日，灵旗空际看。"他爱故乡，却至死不忘复仇，即使魂魄归乡，也要带领大明的军队收复江南。

他在狱中写给母亲的书信，则流露出更多的悲伤和无奈，更符合他的年龄。他说："慈君托迹于空门，生母寄生于别姓，一门漂泊，生不得相依，死不得相问，淳一死不足惜，哀哀八口，何以为生？"他想到自己死后，母亲和家人寄人篱下，无以为生，不禁怆然。然而，他咬咬牙，说："二十年后，淳且与先文忠（允彝）为北塞之举矣！勿悲勿悲！"他告诉母亲，不要悲伤，二十年之后，他将和父亲一起，继续北伐，最后，他回忆自己短暂的一生，说："噩梦十七年，报仇在来世。神游天地间，可以无愧矣！"他也写了一封寄给妻子的信，虽然八岁便与这个叫钱秦篆的女孩订婚，却只陪她过了三个月的婚姻生活，便投身沙场。写这封信的时候，一贯坚强的他，情绪几乎失控："肝肠寸寸断，执笔辛酸，对纸泪滴；欲面则一字俱无，欲言则万般难吐。吾死矣，吾死矣！方寸已乱。平生为他人指画了了，今日为夫人一思究竟，便如乱丝积麻。身后之事，一听裁断，我不能道一语也。停笔欲绝。吾累汝，吾误汝，复何言哉！"他像一个孩子一样，喃喃自语"吾死矣，吾死矣！方寸已乱"，作为一个丈夫，他只能用"吾累汝，吾误汝，复何言哉"来表达自己的歉意。

这是个有血有肉的夏完淳。

他本来可以从一个神童，成长为一个风度翩翩的江南才子，像唐伯虎一样遨游山水、诗酒生涯，也可能高中进士，像他的父亲一样，做一名优秀的朝廷官吏。

然而，这个匆忙的乱世，没有给他太多的时间和空间。

其实，陈子龙、夏完淳不仅是为明朝殉难，更是为自己心中的志向、坚守的文化殉难。

这个倔强而深情的少年，是松江之上、东海之畔的一只鸟——精卫鸟。

（摘自《读者》2023 年第 4 期）

孤人与鸟群

傅 菲

瓢里山，珠湖内湖中的一座小岛，它就像悬挂在鄱阳湖白沙洲上的一个巨大鸟巢。我从黄牺渡坐渔船去瓢里山。这是初冬的清晨，微寒扑面，雨后的空气湿润，湖面如镜。

船夫以捕鱼捕虾为生，是一个五十多岁的汉子，胡碴儿细密，个儿小但结实，脸色因为酒的缘故而显得酡红。他对我说："瓢里山只有八十多亩，很小，除了鸟，没什么可看的，也没什么人，是一座很孤独的山。"我说："有鸟，山就不孤独了；有了树，有了鸟，山就活了。"

一群群鸟从岛上飞出来，在湖面盘旋，又向北边的沙洲飞去。船夫又说："你别看岛小，那可是出了名的鸟岛，一年四季，鸟比集市上的人多好多。"

"你经常上岛吗？"

"一年来几次，我从小在这里生活，哪个角落，我都熟悉。"

船靠了岸，鸟拍翅的声音响起来，啪啪啪，像是有鸟在跳舞、在振翅欲飞。我下了船，望向浓密的阔叶林，树上站满了鸟。我站在船边，不敢挪步，也不敢说话——鸟机警，任何响动，都会让鸟惊飞。

"我带你去吧，树林里有一个茅棚，一个叫鲅鱼的人常在那里歇脚，在那里看鸟，视野很好。"船夫系了缆绳，扣上斗笠，往一条窄窄的弯道上走。他把一顶斗笠递给我，说："你也戴上，不然鸟的粪便会掉在头上。"

走了百米远，看见一个茅棚露出来。一个四十多岁的人在茅棚前，用望远镜，四处观望。船夫说："那个人就是鲅鱼，鲅鱼在城里开店，候鸟来鄱阳湖的时候，他每天都来瓢里山，已经坚持了十多年。"

"他每天来这里干什么？每天来，很枯燥。"

"这里是鸟岛，夏季有鹭鸟几万只，冬季有越冬鸟几万只。以前常有人来猎鸟，张网、投毒、枪杀，鸟都成了惊弓之鸟，不敢来岛上。这几年，猎鸟的没有了。鲅鱼可是个凶悍的人，偷鸟人不敢上岛。"船夫说，"其实，爱鸟的人，心地最柔软。"

船夫是个善言的人，在路上，给我们讲了许多有关候鸟的故事。他把我当作普通的观鸟客。船夫不知情的是，我想找一个僻静的地方躲一躲，以逃脱城市的嘈杂。是的，我是个热爱城市生活的人，但我还是像患了周期性烦躁症一样，不去乡间走走，就很容易暴躁——我不知道城市生活缺少了什么，或者说，心灵的内环境需要一种什么东西来填充。

茅棚隐在树林里。鲅鱼对我意外的造访感到很高兴，说："僻壤之地，唯有鸟鸣鸟舞相待。"

"这是瓢里山最好的招待，和清风明月一样。"我说。

我们在茅棚喝茶。茶是糙糙的手工茶，但香气四溢。茅棚里有三只塑料桶和一辆破旧的自行车，壁上悬着一个马灯和一个可以戴在头上的矿灯。塑料桶里分别放着田螺、泥鳅和小鱼。鲅鱼说，这些是给"客人"吃的。茅棚里，还有一个药橱，放着药瓶和纱布。

鲅鱼有一圈黑黑的络腮胡，戴一副黑边眼镜，皮肤黝黑，手指短而粗，他一边喝酒，一边说起他自己的事。他在城里开超市，爱摄影，经常陪朋友来瓢里山采风。有一年冬天，他听说一个年轻人为了抓猎鸟的人，在草地上守候了三夜，在抓人时被盗猎者用猎枪打伤。之后，鲅鱼选择了这里，在年轻人当年受伤的地方，搭了这个茅棚，与鸟为邻，与湖为伴。

湖上起了风，树林一下子喧哗了，鸟在惊叫。后面"院子"里传来嘎嘎嘎的鸟叫声，鲅鱼说，那是鹳饿了。鲅鱼提着鱼桶，往院子走去。我也跟着去。院子里有四只鸟。鲅鱼说："这几只鸟都受过伤，怕冷。"

这四只鸟，像四个失群离家的小孩，一看见鲅鱼，就像见了双亲，格外亲热——伸长脖子，张开细长的嘴，一阵欢叫。我辨认得出，这是三只鹳和一只白鹤。我想，它们就是鲅鱼所说的"客人"吧。鲅鱼把小鱼一条条地送到客人的嘴里，他脸上洋溢着慈爱的微笑。他一边喂食，一边抚摸这些"客人"的脖颈。鲅鱼说："过三五天，我把这几只鸟送到省动物救助中心去。"

"在这里，时间长了，会不会单调呢？"我问鲅鱼。

"怎么会呢？每天的事都做不完。在岛上走一圈，差不多需要一个小时。上午，下午，都得走一圈。"鲅鱼说。

鲅鱼说，2000年冬，他救护了一只丹顶鹤，养了两个多月，日夜看护，到迁徙时放飞了。第二年10月，这只丹顶鹤早早地来了，整天在院子里走来走去，鲅鱼一看到它，便紧紧地把它抱在怀里。以后每年，它都在鲅鱼家度过一个肥美的冬季，而去年，它没再来，这使鲅鱼失魂落魄，为此还喝过两次闷酒。

"鸟是有情的，鸟懂感情。"我们在树林中走的时候，鲅鱼一再对我说，"你对鸟怎么样，鸟也会对你怎么样。鸟会用眼神、叫声和舞蹈，告诉你。"

我默默地听着，听鲅鱼说话，听树林里的鸟叫。

在林子里走了一圈，已是中午。鲅鱼留我和船夫吃饭。其实也不是吃饭，他只有馒头和一罐腌辣椒。在岛上，他不生火，只吃馒头、花卷、面包之类的干粮。热水，也是他从家里带来的。

吃饭的时候，鲅鱼给我讲了一个故事。2014年冬，瓢里山来了一对白鹤，每天，它们早出晚归，双栖双飞，一起外出觅食，一起在树上跳舞。有一天，母白鹤受到鹰的袭击，从树上落了下来，翅膀受了伤。鲅鱼把它抱进茅棚里，给它包扎敷药。公白鹤一直站在茅棚侧边的樟树上，看着母白鹤，嘎嘎嘎，叫了一天。鲅鱼听惯了白鹤叫，可从来没听过这么凄厉的叫声，叫得声嘶力竭，叫得哀哀戚戚。他听得心都碎了。鲅鱼把鲜活的鱼，喂给母白鹤吃。公白鹤一直站着。第二天，公白鹤飞下来，和母白鹤一起，它们再也不分开。喂养了半个多月，母白鹤的伤好了，可以飞了。它们离开的时候，一直在茅棚上空盘旋。第二年春天，候鸟北迁了，临行前，这一对白鹤又来到了这里，盘旋，嘎嘎嘎嘎，叫了一个多小时。鲅鱼站在茅棚前，仰起头，看着它们，泪水哗哗地流。

秋分过后，候鸟南徙，这一对白鹤早早来了，还带来了一双儿女。四只白鹤在茅棚前的大樟树上筑巢安家。晚霞从树梢落下去，朝霞从湖面升上来。春来秋往，这对白鹤再也没离开过这棵樟树。高高的枝丫上，有它们的巢。每一年，它们都带来美丽的幼鸟，和和睦睦。每一年，秋分还没到，鲅鱼便惦记着它们，算着它们的归期，似乎他和它们，是固守约期的亲人。

可去年，这对白鹤，没飞回来。秋分到了，鲅鱼天天站在树下等它们，一天又一天，直到霜雪来临。它们不会来了，它们的生命可能出现了意外的波折。鲅鱼难过了整个冬天。他为它们牵肠挂肚，因此默默地流泪。

天空布满了鸟的道路，大地上也一样。鲅鱼坐在茅棚前的台阶上，就着腌辣椒吃馒头。他喝水的时候，摇着水壶，把头扬起来。"我要守着这个岛，守到我再也守不动。"他说。

有人，有鸟，岛便不会荒老。这是一个人与一座孤岛的盟约。

鲅鱼，像岛上唯一的孤鸟。

（摘自《读者》2022 年第 6 期）

君子人格

蓝 玲

　　"君子"最初指统治阶级贵族士大夫，自孔子始，君子的含义从社会身份地位转变为儒家人格特质。

　　孔子思想中的君子人格包含五个维度：智仁勇、恭而有礼、喻义怀德、有所不为、持己无争。

　　"智仁勇"代表了君子看待世界的基本态度，描述了一个人明智、自主、理性并能果敢行动的特质。

　　"恭而有礼"代表了君子与世俗人伦和社会规范的相处方式，描述了一个人对世俗规范、社会秩序和人际关系保持恭敬谦逊、戒慎诚信的特质。

　　"喻义怀德"代表了君子对超然世外、抽象道义的追求，描述了一个人明白自己应做之事、保持自己固有之善的特质。

"有所不为"代表了君子持有的行为边界意识，描述了一个人对世界存有敬畏之心，对自身限度有清醒觉知，了解并坚守行为底线、不越界的特质。

"持己无争"代表君子看待和解决问题的方向和着眼点，描述了一个人向内探求，面对和解决问题时从自己的角度去改变现状，不与人争胜的特质。

在儒家文化中，君子人格与心理健康密切相关。儒家重视自我身心内外的和谐，而作为儒家的理想人格，君子显然有更积极的心理状态，如孔子说的"君子不忧不惧""君子坦荡荡，小人长戚戚"。君子人格与自我和谐、人际关系满意度、自我效能感存在正向关联。

为什么君子会有更积极的心理状态？原因在于君子"克己"、君子贵"诚"。

"克己"即约束自己，相当于心理学中的"自我控制"，指一个人抑制欲望、感情、情绪等来改变自己的行为反应，使其与社会标准和长远目标保持一致的能力。

何谓"诚"？朱熹认为是"实"，即"真实无妄"，在现代心理学中，真实性指与真实的自我保持一致的感觉。许多实证研究发现，自我控制和真实性都对心理健康有积极作用。此外，《视箴》中说："克己复礼，久而诚矣。"这说明，自我控制之所以能带来积极的心理状态，真实性起到了中介作用。

研究结果证实，君子人格水平较高的人，更能在生活中控制自我、抵制诱惑、保护有价值的目标，从而使自己的外在行为与内心中的真实自我保持一致，因此具有更加积极的心理状态。

既见君子，云胡不喜？我们热衷于追逐、模仿生活中的各种虚假人设，但你是否想起过磊落如松、温润如玉的君子？你是否想把他们当成模仿对象，还是说，你只是把"君子"当成一个文化象征符号？

（摘自《读者》2022 年 12 期）

皮鞋·鳝丝·花点衬衫

陈忠实

第一次到上海，是 1984 年，大概是 5 月。上海文艺出版社举办"《小说界》第一届文学奖"的颁奖活动，我的第一部中篇小说《康家小院》荣幸获奖，我便得到走进这座大都市的机缘，心里踊跃着、兴奋着。整整二十年过去，尽管后来又到上海几次，想来竟然还是第一次留下的琐细记忆最为经久，最耐咀嚼。面对后来上海魔术般的变化，我常常有一种感动，更多一缕感慨。

第一次到上海，对我来说，有两个人生的第一次生活命题被突破。

我的第一双皮鞋就是那次在上海的城隍庙购买的。说到皮鞋，之前我有过两次经历，都不大美好，曾经暗生过今生再不穿皮鞋的想法。大约是西安解放前夕，城里纷传解放军要攻城，自然免不了有关战争的恐慌。我的一位表姐领着两个孩子躲到乡下我家，姐夫安排好他们母子就匆匆赶回城里去了。据说姐夫有一个皮货铺子,自然放心不下。表姐给我们兄妹三人各带来一双皮鞋,父亲和母亲让我试穿一下。我在屋子里走了几步就脱下来,脚被夹得生疼,皮子又很硬,磨脚后跟,走路都抬不起脚了。这双皮鞋我大约就试穿了一次,便永远被收藏在母亲那个装衣服的大板柜的底层。直到 20 世纪 70 年代初,我已经在家乡的公社(乡)里工作,仍然穿着农人手工做的布鞋。

我家乡的这个公社(乡)辖区,一半是灞河南岸的川道,另一半即是地理上的白鹿原的北坡。干部下乡或责任分管,年龄大的干部多被分到川道里的村子,我当时属年轻干部,十有八九要奔跑在原坡上某个坪、某个沟或某个湾的村子里。费劲吃苦我倒不在乎,关键是骑不成自行车,全凭腿脚功夫,自然就费脚上的布鞋了。一双扎得密密实实的布鞋底子,不过一个月就磨透了。后来就咬牙花四毛钱给鞋钉一页用废弃轮胎做的后掌,鞋面破了妻子可以再补。在这种穿鞋比穿衣还麻烦的情境下,妻弟把工厂发的一双劳保皮鞋送给我了。那是一双翻毛皮鞋,我一年四季都把它穿在脚上,上坡下川,翻沟蹄滩,都穿着它,既不用擦油,也不必打光。乡村人那时候完全顾不得对别人衣饰的审美,男女老少的最大兴奋点都集中在粮食上,尤其是关注春天的救济粮发放份额的多少。这双翻毛皮鞋穿了好几年,鞋后掌换过一回或两回,鞋面开裂,修补过不知多少回,仍舍不得丢掉。几年里不知省下多少做布鞋的鞋面布、锥鞋底的麻绳和鞋底布,做鞋花费的工夫且不论了。到我可以不再斤斤计较一双布鞋的原料价格的时候,我却下决心再不穿皮鞋尤其是翻毛皮鞋了。那种体验刻骨铭心:双脚的脚掌和十个脚趾,多次被磨出血泡,血泡干了变成厚茧,最糟糕的还有鸡眼。

这回到上海买皮鞋,原是动身之前就与妻子议定了的重大家事。首先当然是因为家庭经济条件改善了，有了额外的稿酬收入；其次，是因为工资也涨了；再就是亲戚朋友的善言好心，说我总算熬出来，成为有点名气的作家，走南闯北去开会，再穿着家里做的灯芯绒布鞋，就有失面子了。我因为对前两次穿皮鞋的切肤体验记忆深刻，倒想着面子确实得顾及，不过还是不选皮鞋而选择其他式样穿着舒服的鞋，不能光顾了面子而让双脚暗里受折磨。这样，我就多年也未动过买皮鞋的念头。"买双皮鞋。"临行前妻子说，"好皮鞋不磨脚。上海货好。"于是我就决定买皮鞋了。上海什么货都好，包括皮鞋。这是北方人的总体印象，连我做农民的妻子都坚信这一点。那天，一位青年作家领我逛城隍庙。在他热情而又内行的指导下，我买了一双当时价格比较高的皮鞋，穿起来宽大而气派。圆形的鞋头，锃亮的皮子细腻柔软，我断定它不会让脚趾受罪，就买下来了。买下这双皮鞋的那一刻，我心里就有一种感觉，我进入穿皮鞋的阶层了，这是类似进了城的陈奂生的感受。

回到西安市郊的乡村，妻子也很满意，感叹着我以后出门再不会为穿什么鞋子发愁犯难了。这双皮鞋，我只有到西安或别的城市开会办事时才穿，回到乡下就换上平时习惯穿的布鞋。这样，这双皮鞋似乎是为了给城里的体面人看而买的，自然也为了我的面子。另外，乡村里黄土飞扬，穿皮鞋需天天擦油打亮，太费事了；在整个乡村还都顾不上讲究穿戴的农民中间，穿一双油光锃亮的皮鞋东走西逛，未免太扎眼……这双皮鞋穿得很省，我穿了七八年，直到 20 世纪 90 年代初我才换了一双新式样皮鞋。此时，在我居住的乡村，男女青年的脚上，各色皮鞋开始普及。

我第一次吃鳝鱼，也是那次上海之行的一大突破。关中人尤其是乡下人，基本不吃鱼，这成为外地人尤其是南方人惊诧乃至讥笑的蠢事。这是事实，这样的事实居然传到胡耀邦耳朵里。胡耀邦到陕西视察时，在一次会议上说:"听说陕西人不吃鱼……"其实秦岭南边的陕南人是有吃鱼传统的,确凿不吃鱼的只是关中人和陕北人。我家门前的灞河里有几种野生鱼,有长着长须不长鳞甲的鲇鱼,还有鲫鱼。稻田里的黄鳝不被当地人看作鱼类,而被视为蛇的变种。灞河发洪水的时候,我看到过成堆成堆的鱼被冲上河岸,晒死在苞谷地里,发臭变腐,没有谁捡拾回去尝鲜。直到20世纪50年代中期,国家第一个五年计划实施时,西安来了许多东北和上海老工业区的技术人员和熟练工人,这些人因为买不到鱼而生怨气,就自制钓竿到西安周围的河里去钓鱼。我和伙伴们常常围着那些操着陌生口音的钓鱼者看稀罕。当地乡民却讥讽这些吃鱼的外地人:"南蛮子是脏熊,连腥气烘烘的鱼都吃!"我后来尽管也吃鱼了,却几乎没有想过要吃黄鳝。在稻田里,我曾像躲避毒蛇一样躲避黄鳝。看着黄鳝那黑黢黢的皮色,我不敢想象入口会是一种什么感觉。

那天在上海郊区参观之后,晚饭就在当地一家餐馆吃。点菜时,《小说界》编辑魏心宏突然兴奋地叫起来:"啊呀,这儿有红烧鳝丝!来一盘!来一盘鳝丝!"还歪过头问我:"你吃不吃鳝丝?就是鳝鱼丝。"我只说我没吃过。当一盘红烧鳝丝端上餐桌时,我看见一堆紫黑色的肉丝,心里就浮出在稻田里踩上滑溜溜的黄鳝时的那种恐惧。魏心宏动了筷子,连连赞叹味道真好,随后鼓动我:"忠实,你尝一下嘛,可好吃啦,在上海市内也很少能吃到这么好的鳝丝。"我就用筷子夹了一撮鳝丝,放进口里,倒也没有多少冒险的惊恐,无非是耿耿于对黄鳝丑陋形态的印象罢了。吃了一口,味道挺好,接着又吃了下去,每一口都在不断加深着从未品尝过的截然不同于猪肉、牛肉、羊肉、鸡肉的新鲜感觉。盛着鳝丝的盘子几乎被一扫而光,是餐桌上第一盘被吃光掠净的菜。似乎魏心宏出手最频繁。多年以后,西安稍有规模的餐馆也都有鳝丝、鳝段供食客选择了，我常常点一盘鳝丝。每当此时，朋友都会侧头看我一眼，那眼神里的诧异和好奇是不言而喻的。

有两把小勺子，也是此行在上海城隍庙买的。不锈钢的，把儿是扁的。从造型到拿在手里的感觉，都特别好。不知在什么时候弄丢了一把，现在仅剩一把，依然光亮如初。有时出远门图得自便，我就带着这把勺子，至今竟然整整二十年了。

还有一个细节，颇有点铭刻的意味。

还是那位年轻作家陪我逛街。我们随意走着，我已记不得那是条什么街什么弄了，只记得街道两边多是小店铺。陪我的青年作家随意介绍着传统风情和市井传闻，我也很难一遍成记，尽管听得颇觉有趣味。突然看见一个十分拥挤的场面，便停住脚步。一家小店仅一间窄小的门面，挤满了顾客——往里硬挤的人，在门外拥聚成偌大的一堆；从里头往外挤的人，几乎是从对面拥挤的人的肩膀上爬出来的。他们绝大多数为男性青年，亦有少数女性夹在其中，肌肤的紧密接触也不忌讳了。往外挤的人，手里高扬着一种白底碎花的衬衫。不用解释，他们正在抢购这种白底上点缀着蓝的、红的、黄的、橙的小花点的衬衫。

1984年春末夏初，上海青年男女最时髦、最新潮的审美兴奋点，是白底花点的衬衫。

十余年后，我几次到上海。朋友们领我先登东方明珠塔，再逛浦东新区，令我眼花缭乱，目不暇接。新的景观和创造新景观的奇迹般的故事，都从眼睛和耳朵里溢出来了。我在宝钢的轧钢车间走了一个全过程，看见入口处橙红色的钢板大约有两块砖头那么厚，到出口处钢材已经自动卷成等量的整捆，厚度近似厚一点的白纸。这种钢材最常见的用途是做易拉罐。车间里几乎看不见一个工人，我也初识了全自动化操作。技术性的术语我都忘记了，只记住讲解员所讲的一个事实：这个钢厂结束了中国钢铁业不能生产精钢的历史，改变了精钢完全依赖进口的局面。尽管是外行，这样的事实我不仅能听懂，而且很敏感，似乎本能性地特别留意，因为百年以来留下的心理亏虚太多了。

从小学时代直到进入老龄的现在，我都在不断完成着这种先天性心理亏虚的填垫和补偿过程。我们的第一台"解放"牌汽车出厂了。我们有了自己生产的"红旗"牌轿车。我们的第一颗原子弹爆炸成功。我们的卫星上天了，飞船也进入太空了。我们有了国产的彩色电视机、空调、电脑……这样的消息，包括制造易拉罐的这种钢材对进口依赖的打破，每一次，都是对心理亏虚的填垫和补偿，我因此增加一份骄傲和自信。我便想，什么时候当欧美人发出一条他们也能"国产"中国的某种独门技术产品的消息的时候，我的不断填垫和补偿心理亏虚的过程，才能有一个根本性的转折。

告别布鞋换皮鞋的过程发生在上海，吃第一口黄鳝的"食品革命"也始发于上海。这些让我的孩子听来可笑到怀疑其虚实的小事，却是我这一代体验过"换了人间"这个词的人难以抹去的记忆。还有依然历历在目的上海青年抢购白底花点衬衫的场景，与我上述的皮鞋和黄鳝的故事也差不多。在南方和北方、东部和西部都被灰色、黑色、蓝色和绿色的中山装、红卫服覆盖的国家里，一双皮鞋、一盘鳝丝和一件白底花点衬衫，留给人镂刻般的记忆。记忆里的可笑和庆幸，肯定不只属于我一个人。

（摘自《读者》2017年第14期）

伟哉虞公

徐 佳

绍兴三十一年（1161年）的秋天，南宋的"行在"临安，西湖之畔，依然是"三秋桂子，十里荷花"，却无人驻足欣赏。整座城市被一种前所未有的绝望和恐慌笼罩着，"黑云压城城欲摧"。

金国皇帝完颜亮调集各路军队，又征发境内女真、契丹、奚人，二十五岁以上五十岁以下者皆令从军，集结了六十万大军，兵分四路，南下侵宋。其中，完颜亮亲率精锐，迅速攻克庐州等地，宋军被斩首数万，将领纷纷南逃。金兵飞渡淮河，毡帐相望，万马齐嘶，天下震动。

南宋君臣已经在江南享受了二十年的"和平"，久不闻金戈之声，当年的宿将老兵已经凋零殆尽，"中兴四将"老死的老死，被杀的被杀。仍在世的名将当属刘锜。更可怕的是，"自胡马窥江去后，废池乔木，犹厌言兵"，完颜亮在中原厉兵秣马，江南却以为金人虚张声势，不以为意。

甚至发生了这样一件事：心念故国的金国使臣施宜生，来到临安后，冒着生命危险，暗示南宋大臣"今日北风甚劲"，怕他们不理解，还借索取笔墨的时机，进一步暗示道"笔（必）来，笔（必）来"。可惜他的预警并没有完全打破南宋朝廷的苟安幻想。

直到金兵渡过淮河，南宋朝廷才如梦初醒，很多大臣打算逃命，高宗也想再次"浮海避虏"，被人劝住，才起用六十三岁的老将刘锜为江、淮、浙西制置使，节制诸路军马，镇守扬州，抵御金军。但为时已晚，金兵势如破竹，宋军纷纷溃散，刘锜虽然在皂角林战役中勉强"惨胜"，然而局部战役的胜利无法扭转战争大势。雪上加霜的是，主帅刘锜病势沉重，只能靠人抬着担架移动，靠喝粥维持生命，不得不把指挥权交给副帅王权。王权畏金如畏虎，出征之前与妻儿垂泪诀别，被催促几次才上路。一到战场，他便率部闻风而逃，一直逃到南京附近的采石，把整个淮河西部防线暴露给金兵，于是大事更不可支。刘锜也被迫退守江南，防守长江这一道最后的防线。

这时，宋金决战聚焦在长江东岸的采石，此处江水平缓，山势险峻，为江防必争之地。当年隋将韩擒虎率军渡江，攻克建康，灭亡陈朝，便是在采石夜渡。这时，守卫采石的宋军只有一万八千人，且都是王权带回来的败军之卒。接替王权担任守将的李显忠还未到任，军中无主，群情惶恐，还没等金兵渡江，便有许多军汉结伴逃散。

历史的走势似乎已经毫无疑问，一万余名疲弱不堪的宋军，如同待宰的群羊，困守在采石这一隅之地。而数十万所向披靡的虎狼之师，在水一方，饮马大江，历史的舞台似乎又要重演韩擒虎灭陈的故事，而且更为波澜壮阔。

整个江南笼罩在一片深沉的绝望之中。

然而，这时候，一个小人物突然闯入历史的舞台。

他就是虞允文，时任参谋军事，一个人微言轻的参谋，来自偏远的四川隆州，已经五十一岁了。他在四十三岁的时候才考中进士，又熬了好几年，才做了中书舍人。

他出现在采石，也是偶然。他只是奉命带着一些银两、酒肉、棉衣来犒劳部队。他到达军营之后，看到士兵"三五星散，解鞍束甲"，好像刀俎上的鱼肉，而"敌骑充斥"，金人的侦察部队已经在做渡江的准备。

随从们劝他放下这些物资，快快撤走，反正朝廷只是派你来劳军，又没有什么守城的职责，何必在这里送死？这个文官却摇了摇头。他召集全部军官，斟满酒，大声说："诸君！国家养育你们这么多年，现在后退一步就是大江，后退是死，战死也是死，为何不能为国家而死呢？"这些军官都很羞愧，有的低头不语，有的自言自语："我们也想出力，但是军中连个主将都没有，这仗怎么打？"虞允文听了之后，登上高台，面对所有将士，振臂一呼："李显忠还未到任，我受朝廷之命前来督师，现在听我命令！我与你们一起杀敌报国！"他的随从惊呆了：咱们没这个任务啊。宋军将士看着这个身材单薄、鬓角斑白的书生，感受到他必死的决心，受到鼓舞，都站起来穿好盔甲，决心死战。

史书记载下了这样一段对话。

众曰："今既有主，请死战。"或曰："公受命犒师，不受命督战，他人坏之，公任其咎乎？"允文叱之曰："危及社稷，吾将安避？"

他带着将士们到达江边，这时，完颜亮傲然坐在临时搭建的高台上。完颜亮模仿汉高祖，于前一日以白马、黑马祭天，并向部下许诺，先渡江者赏赐黄金。虞允文赶紧把战船分成五队："其二并东西岸而行，其一驻中流，藏精兵待战，其二藏小港，备不测。"刚刚布阵完毕，完颜亮亲自手持小红旗，指挥数百艘战船渡江，瞬间便有七十艘战船到达宋军阵地，宋军不敌其锋芒，开始退却。

危急时刻，虞允文冲到最前线，激励将士。他拍着军官时俊的背说："以前听说你胆略过人，现在看来跟女子也没啥区别啊！"时俊听了，羞愧难当，"即挥双刀出，士殊死战"。允文又命令埋伏起来的宋军以海鳅船冲击敌人，这种船比金人的大船小很多，非常灵活机动，击沉了不少敌船。就这样，一直厮杀到了黄昏，宋军杀死很多金兵，自身伤亡也很大。

这时候，有一支从光州败退下来的宋军路过附近，虞允文灵机一动，派人送给这些溃兵旌旗和战鼓，命令他们奔赴山后，张满旗帜，擂鼓呐喊。金兵怀疑南宋的援兵到了，开始后退。虞允文又命劲弓部队，尾击追射，于是大败金人，杀敌四千余人，俘虏五百余人。完颜亮恼羞成怒，把所有退回来的金兵全部砍头，从此金军锐气顿灭。消息传到临安，官民一片欢腾。

金军于是放弃进攻采石，转而进攻镇江。老将刘锜正在那里养病，朝廷派虞允文前往协助。当他探望躺在病榻上的刘锜时，刘锜拉着他的手说："疾何必问！朝廷养兵三十年，一技不施，而大功乃出儒生，我辈愧死矣！"

此时，完颜亮因采石战败，愤恨不已，下令三日渡江，否则杀掉随军大臣，造成人人自危，而北方又生内乱，于是军心摇动。完颜亮被身边将士刺杀，金军随即撤回北方。

南宋终于化险为夷。后世史官在编纂《宋史》的时候，写道："允文采石之功，宋事转危为安，实系乎此。"

虞允文这个小人物在危急关头挺身而出，担当起无人担当的职责，力挽狂澜，改变了历史。他后来辅佐宋孝宗，经营四川，锐意北伐，成为一代名相。

　　毛泽东在阅读采石之战的历史时，写下批注："伟哉虞公，千古一人！"

　　《吕氏春秋》有言："士之为人，当理不避其难，临患忘利，遗生行义，视死如归。"人的一生，关键时刻也许就那么一两次。如果虞允文在那一刻，放弃担当，选择了苟且偷生，那么历史的走向将会如何呢？

（摘自《读者》2021 年第 1 期）

秋天的音乐

冯骥才

火车一出山海关，我便戴上耳机听起这"秋天的音乐"。开头的旋律有些耳熟，没等我怀疑它是不是真的在描述秋天，就下巴发懒地一蹭粗软的毛衣领口，两只手搓一搓，让干燥的凉手背和湿润的温热手心舒服地摩擦，整个身心进入秋天才有的一种异样甜醉的感受里了。

我把脸颊贴在窗玻璃上，挺凉，带着享受的渴望往车窗外望去，秋天的大自然展开一片辉煌灿烂的景象。阳光像钢琴明亮的音色洒在这片收割过的田野上，整个大地像刚生了婴儿的母亲，躺在开阔的晴空下，幸福地舒展着丰满而柔韧的躯体！从麦茬里裸露出的浓厚的红褐色是大地母亲健壮的肤色；所有树林都在炎夏的竞争中把自己的精力膨胀到头，此刻自在自如地伸展着优美的枝条；所有金色的叶子都是它的果实，一任秋风翻动，夸耀着秋天的富有。真正的富有，是属于创造者的；真正的创造者，才有这种潇洒而悠然的风度……一只鸟儿随着一串轻扬的小提琴旋律腾空飞起，它把我引向无比纯净的天空。任何情绪一入天空便化作一片博大的安寂。这愈看愈大的天空有如伟大哲人恢宏的头颅，白云是他的思想。有时风云交汇，会闪出一道智慧的灵光，响起一句警示世人的哲言。此时，哲人也累了，沉浸在秋天的松弛里。它高远、平和，神秘无限。大大小小、松松散散的云彩是他思想的片段，而片段才是最美的，无论思想还是情感……这些精美的片段伴随着空灵的音乐，在我眼前流过。那乘着小提琴旋律的鸟儿一直钻向云天，愈高愈小，最后变成一个极小的黑点儿，忽然"噗"地扎入一个巨大、蓬松、发亮的云团……

接下来的温情和弦，带来一片疏淡的田园风景。秋天消解了大地的绿，用它中性的调子，把一切色泽调匀。和谐又高贵，平稳又舒畅，只有收获的秋天才能这样静谧安详。几座闪闪发光的麦秸垛，一缕银蓝色半透明的炊烟，这儿一棵、那儿一棵怡然自得地站在平原上的树，这儿一只、那儿一只慢吞吞吃草的杂色的牛。在弦乐的烘托中，我心底渐渐浮起一张又静又美的脸。我曾经用吻，像画家用笔那样勾勒过这张脸：轮廓、眉毛、眼睛、嘴唇……这样的勾画异常奇妙，无形却深刻地印在脑海里，你嘴角的酒窝、颤动的睫毛、鼓脑门和尖翘下巴上那极小而光洁的平面……近景从眼前疾掠而过，远景跟着我缓缓向前，大地像唱片慢慢旋转，耳朵里不绝地响着这曲人间牧歌。

一株垂死的老树一点点走进这巨大的唱片。它的根像唱针，在大自然深处划出一支忧伤的曲调。心中的光线和风景的光线一同转暗，即使一湾河水强烈的反光，也清冷，也刺目，也凄凉。一切阴影都化为行将垂暮的秋天的愁绪；萧疏的万物失去了往日共荣的激情，各自挽着生命的孤单；篱笆后一朵迟开的小葵花，像你告别时在人群中的最后一次招手，

062·

被轰隆隆往前奔的列车甩到后边……春的萌动、战栗、骚乱，夏的喧闹、蓬勃、繁华，全都消匿而去，无可挽回。不管它曾经怎样辉煌，怎样骄傲，怎样光芒四射，怎样自豪地挥霍自己的精力与才华，毕竟过往不复。人生是一次性的，生命以时间为载体，这就决定了人类以死亡为结局的必然悲剧。一种浓重的忧伤混同音乐漫无边际地散开，渲染着满目风光。我忽然想喊，想叫这列车停住，倒回去！

突然，一条大道纵向冲出去，黄昏中它闪闪发光，如同一只号角嘹亮吹响，声音唤来一大片拔地而起的森林，像一支金灿灿的铜管乐队，奏着庄严的乐曲走进视野。来不及分辨这是音乐还是画面变换的缘故，我的心境陡然一变，刚刚的忧愁一扫而光。当浓林深处一棵棵依然葱绿的幼树晃过，我忽然醒悟，秋天的凋谢全是假象！

它不过是在寒潮来临之前把生命掩藏起来，把绿意埋在地下，在冬日的雪被下积蓄与浓缩，等待在下一个春天里，再一次加倍地挥洒与铺张！远处的山坡上，坟茔，在夕照里像一堆火，神奇又神秘，它那里是不是埋葬着一具尸体或一个孤魂？既然每个生命都会在创造了另一个生命后离去，那么什么叫作死亡？难道，死亡不仅仅是一种生命的转换、旋律的变化、画面的更迭吗？世间还有什么比死亡更庄严、更神圣、更迷人！为了再生而奉献自己的伟大的死亡啊……秋天的音乐已如圣殿的声音，这壮美崇高的轰响，把我全部身心都裹住、净化了。我惊奇地感觉自己像玻璃一样透明。艺术其实是安慰人生的。

（摘自《读者》2019 年第 21 期）

韶华盛

任谈如

三月暮，城南开了桃花。城北亦有。

一时间，有尘土处皆有灼灼的桃花照眼。

有作家说过，"桃花难画，因要画得它静"。真是匪夷所思，桃花千枝万朵，春风一路，那么得意热闹，哪里说得上静呢？

可偏偏，我觉得这话对极了。

桃树属蔷薇科，桃花原不止常见的粉红这一种，有淡白、红紫、浅绿，也有重瓣、撒金。我更喜欢单瓣的桃花，它们好像单眼皮的古典美人，天真又明净。

旧时书院里栽过五六株桃树。因为听人说，桃树临水的好，所以全部植在水岸边。界河边种两株，半塘边种两株，眼看着它们抽了叶，眼看着它们打了苞，眼看着它们结了果……那两年，我常常走去看它们几时开花。我印象最深的，就是坡岸倾斜，人难立足，花开得怎样，倒是忘记了。我只记得河岸边原也有几株重瓣碧桃，野得很，无拘无束，开得烂漫。

我在树山见过一株极大的桃树，花叶焕然，简直似经历了"三生三世"的丰茂灿烂。

旺山也有。旺山并不以桃花出名，然而此季临水的农家旁多有桃树，虽然少，却有一种天然韵味——它们只是在那里慵懒地伸展着枝干。枝干上喧哗地进着数不清的花朵和花蕾，"春色满园"这个俗气的词，就在那些花枝间不俗气地浮动起来——满是人间盎然的生趣。

这种盎然的生趣，想来也曾给半隐的唐寅不少安慰。

> 桃花坞里桃花庵，桃花庵里桃花仙。桃花仙人种桃树，又摘桃花换酒钱。酒醒只在花前坐，酒醉还来花下眠。半醒半醉日复日，花落花开年复年。但愿老死花酒间，不愿鞠躬车马前。车尘马足贵者趣，酒盏花枝贫者缘。若将富贵比贫者，一在平地一在天。若将贫贱比车马，他得驱驰我得闲。别人笑我忒风颠，我笑他人看不穿。不见五陵豪杰墓，无花无酒锄作田。

唐寅的这首《桃花庵歌》很出名，后人知道桃花坞、桃花庵，多是因为唐寅。

唐寅说自己"又摘桃花换酒钱"，不知是否为真事，不过桃花可食用可入药，却是真有记载。

明人李时珍在《本草纲目》里说，三月初三采桃花，七月七以鸡血混合桃花，涂在脸上，"三二日后脱下"，可"令面光华"——这未免有些惊悚。而《太清方》里只要求"三月三日采桃花，酒浸服之"，可"除百病，好颜色"，听起来就比较让人放心。

桃花酒我们往年做过，做法很简单（这个做法也适用于所有鲜花酒）：采摘开得正好的桃花，放入酒坛，倒入适量上好的白酒——浸没桃花即可，酌量加冰糖，加盖密封，浸泡三十日之后启封。到那时，桃花瓣会被酒浸得很薄很薄，好似一只蝴蝶。

桃花粥我们也煮过。古方上说，将桃花置于砂锅中，用水浸泡三十分钟，再加入粳米，文火煨粥，粥成时加入红糖，拌匀即可——据说，此粥可以美颜。

我们做的桃花粥没有这样复杂，也不为美颜。几个人从桃树上采摘了很多花瓣，回来直接撒在粥锅里。粥是在土灶上用柴火熬的，雪白浓稠，花片浮沉，着实是一锅艳美呀！

许多方子上说采桃花最好的时间是在农历三月初三或清明节前，还特别指明要采东南方向枝条上、花苞初放的桃花。我不知道这有什么特别的讲究，但我知道如此甚难——桃花开落，岂能由人。

清代文人蒋坦在《秋灯琐忆》中说：

> 桃花为风雨所摧，零落池上，秋芙拾花瓣砌字，作《谒金门》词云："春过半，花命也如春短。一夜落红吹渐满，风狂春不管。""春"字未成，而东风骤来，飘散满地。

秋芙为之怅然。

秋芙也忒多愁了。

桃夭梅老，欢事皆是苦短的。我们只需记得韶华盛极时，那样满树浮动的盎然春意，这一春，便不算白过了。

（摘自《读者》2023 年第 9 期）

小人物的伟大

意公子

当你在工作时，有没有一个瞬间会觉得自己只是一颗小小的螺丝钉，被一种"无意义"包围？但你知道吗，早在2000多年以前，正是一颗又一颗小小的"螺丝钉"，创造出了一个世界奇迹。

秦陵兵马俑，是秦始皇嬴政的陪葬品。1974年3月，秦陵兵马俑被发现，随后震惊了全世界。

经过不断的努力，考古工作者们一共发现了4个坑。除了第四个坑有坑无俑，其余3个坑都有大量陪葬品。

一号坑占地面积最大——几乎有两个足球场大的俑坑里，整齐排列着由步兵和车兵组成的军阵。如果根据已经出土的陶俑和陶马的排列密度来估算，真到了挖掘结束的那天，大概会有6000个兵马俑齐刷刷地目视前方，像一支精锐的前锋部队。

二号坑最为壮观，骑兵、车兵、步兵和弩兵，这些都能在其中看到。1300多件陶俑、陶马，80多辆战车，数万件青铜兵器，这里活像秦始皇的大规模多兵种部队的布阵现场。更有意思的是，考古人员还在二号坑首次发现了将军俑、鞍马俑、跪射俑……

三号坑是这几个坑中最小的一个。虽然小，但它同样很重要——你完全可以把它当作"三军作战指挥部"。因为三号坑没有像其他两个坑一样被大火焚烧过，所以我们才能在陶俑出土时看见颜色鲜艳的彩绘，看见兵马俑的真正面貌。

3个兵马俑坑里据推算有8000多个陶俑、陶马，组成了一支包括前锋、多兵种部队和指挥部在内的庞大的地下军团。每一个陶俑都形象高大、威武生猛，而且最关键的是，每个陶俑的模样都不一样。

我们不禁要问：2000多年前，这些如此写实的面孔，是不是真的存在过？他们是怎样被创造出来的？在那个科技并不发达的时代，这么宏大的工程，究竟是怎么一步步推进的呢？

制作这么大规模的兵马俑军团，首先要解决的就是材料问题。根据一次次模拟复原的情况，专家们发现，只有采集自秦代地层的垆土和棕红土，再调配20%左右的沙子，才最接近兵马俑的泥坯。这么多土，到底是就地取材，还是在全国范围内统一调配，目前还没有明确的答案。但可以肯定的是，在当时要运输这么多陶土，一定是一项非常大的工程。

有了原材料，还需要做出陶俑的样子。考古学家经过研究发现，兵马俑并不是一体成型的。它有点儿像我们小时候玩的芭比娃娃，躯干、四肢、头部是分别装上去的。装好以后，工匠们会采用刮、削、挖、画、贴等方式进行精细加工。这可是细致活儿！

如果有机会去秦始皇兵马俑博物馆，你会发现，秦代工匠的雕工实在太精细了。无论是秦俑的须发、眉毛，还是武士铠甲上那些甲片的叠压关系和编缀细节，都被刻画了出来。你甚至能在跪射俑的鞋子上，看见疏密有致的针脚。

而且这些陶俑的大小和真人差不多，加上脚下的踏板和发髻、发冠，他们的平均身高直逼1.8米，平均重量有180千克。陶马更重，超过300千克。一个有着数年学习经验的专业美术生，捏一个不到40厘米高的陶器都会有中途塌掉的担忧，而陶俑这个1.8米高的大型作品，里面还是空心的，要怎样才能保证它能支撑起来呢？

西安美术学院雕塑系毕业、专门研究兵马俑的孙炜，在一次次实验中，终于找到了答案。简单地说，就是人体的重心在哪里，陶俑的重心就在哪里。

选好的陶土经过预制、反复捶打和醒泥后，再被搓成比大拇指略粗的泥条。紧接着，孙炜把这些泥条一根根慢慢盘起来。听起来虽然容易，但在盘的过程中，因为要不停地调整重心和加固泥条，刚开始的时候，孙炜一天就只能盘40厘米那么高。

说到这里，你不得不佩服秦人的高超技艺！

最后，也是最重要的一步，就是烧制环节。

烧制兵马俑的过程，可一点儿都不比制作环节轻松。因为这些兵马俑和真人、真马一般大小，并且很沉，这就要求烧制的陶窑的窑室高度至少要有2米，才能容纳下这些大物件。并且，想要焙烧成功，温度需要控制在950℃~1050℃。一旦火力不足，陶质就会疏松，且色泽不一；而火力要是过头了，陶俑就会出现裂纹或者变形。这就对陶窑的构造和密闭性提出了很高的要求。

我们现在已经无法非常确切地知道，当年秦人究竟是怎样做出这一个个兵马俑的了。但从已经出土的数千件兵马俑来看，没有任何一件出现裂纹，也少见陶片夹生的情况。

烧制完成之后就是彩绘。我们现在看到的大多数兵马俑呈陶土色，但事实上，兵马俑最初的时候都有彩绘。秦人在兵马俑的身体上刷上一层生漆，然后在生漆上添加各种颜色的装饰。可惜的是，当埋藏在地下2000多年的兵马俑重见天日，一遇到空气，它们表层的水分迅速蒸发，这层生漆大多也就翘起来并脱落了。

现在，我们基本把兵马俑的制作过程捋顺了。

从材料的运输到黏土陶俑的制作和精雕细刻，再到烧制与彩绘，制作兵马俑的每一个环节都需花费大量人力和物力。但这8000多件陶俑、陶马还不是秦陵兵马俑的全部。为了让这项浩大的工程不出差错，秦国当时沿用了战国中期就开始采用的"物勒工名"制度，就是在兵马俑身上刻下制作工匠的姓名，以便在审核验收不过关的时候，进行追责。

我们要感谢这个制度，因为它的存在，我们今天才有机会了解，在2000多年前，究竟是一群什么样的人，姓甚名谁，创造了这样的世界奇迹。他们是当时最普通的陶工，有些人连名字都起得非常随意。

但不可否认的是，正是这一个个小人物，在漫长岁月里，前赴后继地为一项伟大的工程倾尽全力，才有了今天我们得以看见的世界奇迹。

他们塑造的也并不是什么伟人、帝王，而是和他们一样的小人物，一群在战场上抛洒热血的士兵、将领——他们双目圆睁，或微微含笑，或目光深沉，或文静腼腆。当你看着这些秦俑时，透过他们丰富的表情，或许会看到那些征战六国的故事中的一个个鲜活的小人物。他们也许是在战场上死去的工匠的亲人，也许是匠人们在日常生活中最敬仰的人，又或者就是陶工自己。

当我们有一天站在秦始皇长眠的地方，一个个栩栩如生的陶俑就在眼前，谁也不知道他们是谁，历史也没有记住他们每一个人的名字，但因为他们的存在，中国历史上有了第一个大一统的王朝。

闭上眼睛，恍惚中好像有将士们的呐喊声从远方传来。集结的号角吹响，那声音响彻天地，穿过 2000 多年的岁月，向我们发出来自七国战场的最强音。

（摘自《读者》2023 年第 9 期）

湘 君

杨本芬

1

在共大读书时，一日，经过学校食堂，我看见一个不认识的女生坐在门口。视线接触的那一刻，我怔怔地看着她，她也怔怔地看着我，好像彼此之间产生了一种吸引力。

那是我第一次见到湘君。她穿得并不招眼，黑色洋布衬衫、灰色裤子，细眉长眼，扎着两条短短的辫子，随性地坐在那儿，两条长腿惬意地往前伸着。浑身上下都透着一股与众不同的气质。

第二天，她居然走进我们师范班的教室，原来她是新来的同学，比正常开学晚到了些日子。

　　她总是那样松弛洒脱的模样，但人很安静，几乎不主动说话。她会吹口哨，课间也不怎么出去，常常坐在课桌前自顾自地吹着口哨。有时快上课了，老师还没进来，教室里一片喧嚷，突然她开始吹起口哨，悠扬之声一响，大家顿时鸦雀无声。她的口哨就有这么大的魔力。

　　熟识之后，我还知道她花鼓戏唱得好，一曲《刘海砍樵》，唱得不知多地道、多活泼。我快被她迷住了。

　　湘君经常收到从武汉大学寄来的信，一周至少一封。其他人都难得有信，她却常收到信，信封上还有"武汉大学"的字样，真是让人羡慕不已。然而，湘君根本不看，拆都不拆，收到信就随手丢在床上。

　　这太让人奇怪了。这对写信的人也不公平啊。我实在忍不住，一日问她为什么不读信。她从床上拾起信，递给我："那你替我念吧。"

　　我惊呆了。然而她硬要我给她念信："念吧念吧，我懒得看，你念给我听。"

　　好奇心战胜了我的迟疑，我接过信。"最亲爱的妻子——"我念道，信居然是她丈夫写来的！她就比我大两岁，却已经结婚了！我压制住惊讶，继续念，"知道你已离开家乡，去江西求学，换个环境也好。我一直没有等到你的音信，这让我很难过。我对不起你，只能等我毕业了，加倍地报答、呵护你，让你过上幸福的生活……"

　　下面的缠绵话我不好意思念出口了，把信递给她："不念了，你自己看。"

　　她不看，把信胡乱一折塞进信封，打开抽屉扔进去——那儿已经堆积了不少来自武汉大学的信。

　　真是难以理解啊。

　　武汉大学的信三四天必有一封，绵绵不断。某一天我对她说："不管你怎么想，好歹给人家回封信嘛，你这样不理不睬太残忍了。"

她回到宿舍就写了一封回信："辜立平同学，来信收到，我一切都好，无须挂念。"

我对这个叫辜立平的武汉大学学生产生了同情，决定给他出个主意，以结束这种无望的局面。地址是很容易获得的，信封上就有。

"辜立平同学，我是湘君的同班同学，也是她的室友和老乡。我觉得你和湘君有太多误会，你想办法来趟学校，和湘君好好沟通一下，以免你们的婚姻出现危机。"

我没署名，只是做了个多管闲事的人。

辜立平始终没有来，只是来信越发勤了，由三四天一封变成两天一封，湘君依然不看。

2

开学一个月后，由班主任带队，我们去一个叫青铜岭的深山砍毛竹。好几十里山路，一条宽阔的大河伴随始终。水是从山上流下来的，我们要爬上山，砍倒一根根粗大的毛竹，运下山。再扎成竹排，推进河中，让河水把毛竹运到下游。

我和湘君负责给大家做饭和洗衣。

一日，下着密密麻麻的雨，我和湘君坐在屋檐下，看着细雨像一块纱布罩下来，把大地、山谷、树木笼罩成一片。湘君忽然转脸看着我说"你是什么原因来共大的？"

我说："我正在湖南读着中专，学校忽然停办了。家里房子倒塌了，我无家可归。幸亏这所学校收留了我。我想好好读书，毕业后有一份工作，能够自食其力，还能帮助两个弟弟上学。"

她点点头。此时，我积压许久的好奇心喷薄而出："你能告诉我，你为什么来共大吗？"

"我被大学开除了，又不想回老家让人指指点点，就来这里了。"她语气平静，却有一种惊人的坦率。我的头脑感到非常混乱：被开除？"开除"这样的字眼怎么会跟这么美好的湘君联系在一起？她做了什么事情导致被开除？

我就这么问了。

"我怀了辜立平的孩子。"还是那种惊人的坦率。

"你们是夫妻，夫妻有孩子也不算犯错误呀。"我爹着胆子说出我的看法。

"我们没有结婚。"

"可他信上写的是'亲爱的妻子'……"

"这只是他单方面的想法，大概表示一定会娶我为妻吧……"她淡淡地笑着，笑容中带着一丝嘲讽的意味。

湘君与辜立平是一条街上斜对面的邻居。他们俩同岁，小时一起玩，一起读小学，初中、高中都在同一个学校同一个班，是真正的青梅竹马。双方父母都认为他们是顺理成章的一对，他们自己也这么认为。湘君漂亮，气质出众。辜立平也不赖，清秀，个子也高。

"我原先很爱他的。眼里全是他，对别的男的看都不看一眼的……"

"后来呢？"我托着腮听得入了迷。我对爱情一窍不通，但听上去湘君与辜立平的爱情很美，青梅竹马，两情相悦。

"高中毕业，我们都考上了武汉大学——说好不分开，报的大学都是同一所。大一的寒假，为了节省路费，我们都留在学校没有回家。武汉的冬天，很冷……"

那个冬天，他们偷尝了禁果。寒假过去，湘君发现自己怀孕了。

他们俩抱着侥幸心理，像鸵鸟把头埋在沙里："不会吧？"直到湘君肚子微微隆起，他们俩才惊慌失措。无论怎样都是没有退路的，横竖瞒不了校方，两个人面临被开除的局面。

辜立平来找湘君。他痛哭流涕，甚至跪在她面前，请求湘君不要说出他的名字。他发誓毕业后一定会去找她、娶她。

湘君按他说的做了。但在他跪下的那一刻，她心中的爱情消失了。

3

在共大，教我们体育的简左邦老师三十出头，高高的个子，一头乌黑浓密的头发。他是体育科班出身，教各班的体育，还组织了男女篮球队。我和湘君都是女队的成员。我个头矮，但灵活，跑得快；湘君接球稳，投篮准，动作优美，总是赢得一阵阵喝彩。田径课，湘君翻越一米五的横杆轻而易举，跳远也身手矫健。简老师看着这样的学生，眼中全是赞赏。

湘君也感觉到了，上体育课便越发快乐，发挥得也越发好。一次长跑比赛，她遥遥领先，得了第一名，开心地大声笑着，为后面的人鼓劲，与初入校时沉郁的她判若两人。简老师有时邀请班上同学去他家玩。他没结婚，单身宿舍陈设简单，干净整洁。门口放了个泥巴炉子，炉子上搁了一只擦得雪亮的钢精锅。

一次，我和湘君一起走，路遇简老师，简老师看着湘君说："晚上来我这里吃兔子肉。"

我感到很纳闷，简老师怎么只叫湘君没叫我呢？脸上便有些挂不住。后来，湘君再叫我去简老师那里玩，我就不肯去了。

校园里的日子过一天少一天。还剩最后一个学期就要毕业了，按计划，我们将得到一份工作，各奔前程。

一日，共大党委书记召开全校师生大会，主题是要大家如实填写家庭情况。一周以后，下放农村的师生名单贴出来了，我的名字是第一个。下放的老师有四个，其中一个是简老师。

名单旁边还有一条开除通告，开除的对象是湘君。

我对美好生活的幻想像肥皂泡一样破碎了。我没去想湘君此刻的处境，也没有心思去找她问个究竟。我已经自顾不暇、心力交瘁。趁宿舍没人，我简单收拾一下行李，当晚便悄悄离开了学校。

4

转眼就到了20世纪80年代初。一日，我正在汽车运输公司仓库上班，同事说有人找我。起身出门，我见到的是一个体形粗壮、面色黧黑的农树妇女。

她怔怔地看着我，我怔怔地看着她。突然我反应过来："是湘君啊！"和同事打过招呼，我揽着湘君，把她带到我家里。我们手拉手坐在沙发上。

"你后来去了哪里？一点消息也没有，晓得我有多想你哦！"我说。

那一次，我知道了分别后湘君的全部经历。

她被学校开除，是因为有了简老师的孩子。两次被开除，一切何其相似！不同的是，这次简老师挺身而出，承揽了所有的过错——虽然并没有改变湘君被开除的命运。

我是头天夜里离开学校的，湘君和简老师则是次日清晨离开的。他们乘早班车去了简老师的乡下老家。没有人知道，当然更没有人送行。

"家公家婆说我是城里人，什么事都不让我插手。左邦对我更是疼爱有加。我本来性格慵懒，一家人惯得我十指不沾阳春水。但我对那陌生的地方依然感到惶恐，幸好左邦在我身边，才让我觉得有了依靠。"

生活是真苦，吃餐荤腥都要计划又计划。简老师为了让她过上好日子，披星戴月地耘田、种菜、砍柴。农闲时去县城建筑队做苦力，拖红砖、拖河砂，补贴生活。

结婚第七个月，湘君生下了女儿。她什么都做不来，带孩子也是靠婆婆帮忙。不过一家人依然宠着她。接下来，她又连续生了三个孩子，共有两儿两女。简左邦是家中的顶梁柱，没日没夜地干活。曾经炽热的感情被生活的辛苦取代，日复一日，湘君逐渐忘记了这日子里她在盼望什么。

5

然后，简左邦生病了。

简左邦长期劳累，营养又跟不上，有段时间，他没有一点精气神，人总是软软的。湘君发现他的脸色越来越不对，一点点失去了血色。人也越来越没力气，站着就想坐，坐下就想躺。

医生只望了一眼他的脸色，就说他得了肝炎。

全家人都慌了。所有的钱都用来给简左邦治病，湘君还让她家里寄过两次钱。猪也卖掉了，能借钱的地方都借遍了。

慢慢地，肝硬化、肝腹水接踵而至，简左邦的肚子肿得如一个待产的孕妇。抽掉积水没多久又会肿起来，没有什么回天之术了，他们把他接回家。

"左邦整天躺在床上，紧闭双眼。白天黑夜我都陪着他，安抚他。他的皮肤干黄，没有一点弹性，如一块树皮。除了隆起的肚子，其他地方都是皮包骨头。他年轻时生龙活虎，如今怎么会这样？他是为我累病的，还要累死吗？我不敢往下想……"

"一日，左邦精神好点，抓住我的手，目光好温柔。他轻轻说：'湘君，不用怕，已经这样了，就这样吧。我这一生值得，因为我们在一起了，不容易啊……'他最后那声叹息，真长……"

我的喉咙被无形的东西堵住了。我不敢看她的脸，那张泪水浸泡下的农妇的脸。我也无法安慰她，只是更紧地揽着她。

"要是左邦不和我结婚，可能不会死那么早，他太累了。他才四十八岁啊！他还跟我说，万一他死了，让我去一趟共大，看能否作为曾经教师的遗孀领点补助……"

"简老师肯定希望你过得好。我记得上体育课时，简老师看你的眼神就不一样。我没想到你们在谈恋爱，但现在我知道那时你们是幸福的。"

湘君渐渐平静下来，我们的嘴角都第一次露出笑意，驱散了一点悲伤的气氛。嗬，青春往事，我面前风霜满面的农妇就是那曾经健美洒脱、吹着口哨的湘君。

"那时你还小，我也不知怎么跟你说。我跟简老师讲了我和辜立平的事，他觉得我太无辜了。于我，他是从一个知音变成了一个爱人。"

"孩子们都好吗？"

"两个儿子都很顽劣，读完初中后在家务农。家里情况也很困难。"

她说自己这次来就是想去共大找领导，看是否可以按照简老师的提示领到一点儿补助。

"可是共大早就撤销了呀！你到哪儿找去？"我着急了。

她怔住了。片刻之后，她突然大笑起来，笑声越来越骇人。我有些不知所措。幸亏一会儿后，这怪异的笑声终止了。

数月后，我收到她的来信，只是简单的几句感谢的话。

又是四十多年过去了，不知湘君是否还在人世。

（摘自《读者》2023 年第 8 期）

灯 前

刘荒田

常常想起一段词句："夜深儿女灯前。"单用三个词——时间（夜深），人物（儿女），地点（灯前），就渲染出一幅色彩浓烈的"天伦图"。它出自辛弃疾的《木兰花慢·滁州送范倅》，前面一句是"秋晚莼鲈江上"，也是三个词。以萧瑟季节的客思铺垫于先，"家"的温馨氛围更加突出。今天晚间7到8点，多数人家的开饭时间，天气清爽，无雾遮蔽，我走出家门，在大街一侧的林荫道徐行。我透过那些打开帷帘的窗户，逐一浏览"灯前"。

一路走来，憬然而悟，"灯前"虽一目可见，却分若干层次。较浅的一层，见诸上述经典。设想你是离家多日的旅人，坐了半天飞机，半夜才进家门。先从窗子看，孩子为了等爸爸，还没就寝，坐在沙发上看电视。妈妈在厨房里制作孩子明天的盒饭。只一眼，就教父亲欣喜若狂，叫一声"回来了!"热烈地拥抱,亲吻,问好,欢闹。灯光成为最可恋的暖色,覆盖在每一张笑脸上。家的永恒魅力,尽在这里。

这样的"灯前",说平常也够平常。放在战乱之际,则更深一层。读过老杜《羌村三首》的人,都背得出"妻孥怪我在,惊定还拭泪",这是历劫归来;"夜阑更秉烛,相对如梦寐",这是旅人在家的第一个夜晚;"娇儿不离膝,畏我复却去",这是一家的团聚。二者相比,论冲击力、感染力,后者自然具有无可争议的优势。只是,你可愿意成为九死一生的归人?

这一家,两个女儿分坐长桌两边,在争论着什么,几步开外,是跳华尔兹的父亲。我猜是父亲笨拙的舞步逗乐了孩子们。那一家,长沙发上露出三个人头,所对的大屏幕正作美式橄榄球比赛实况转播,旧金山淘金者队四分卫卡佩尼克一口气推进201码。一家人热烈鼓掌。一个孩子在沙发上蹦跳,被妈妈制止。窗帘半掩的一家,家人围着圆桌吃饭,热气盘旋的天花板下,发出零星的盘碗和勺子的碰撞声。它的隔壁,有人在哼歌。隔着黑了灯的几扇窗户,一个小窗口前,一个秃头男子对着电脑支颐独坐。走过一个街区,一扇竖式窗子被拉起三分之一,下方钻出一个头发蓬乱的老太太,她对着楼下的车道,那里一个留大部红胡子的男人叉腰而立,两人正热烈地对话。这些属于"互动式",其中至为动人的,自然是儿女与父母都出现的场景。

然而,日常生活不可能时时充满激情,"灯前"并非爱情语境中的"花前月下",我看了一路,不见热烈的拥抱,更没有卿卿我我的缠绵(当然,这和没拉窗帘有直接关系)。至于阖家团聚一类,更多的是孩子埋头于电脑或手机,母亲在厨房,父亲在客厅,各自为政。

可以推测,"灯前"的亲子关系,偶尔会有严厉的训斥、顶嘴、摔门而去，此外，就是这样宁静的氛围。在灯光的辖区内，你不必没话找话，不必表演，不必做不愿做的事。别忘记，这平淡到有时教人发腻、教人巴望"来点事"的一切，是因为有一个坚实的基座，那就是：完整的家。

（摘自《读者》2015 年第 5 期）

外祖父的白胡须

琦　君

　　我没有看见过我家的财神爷，但是我总是把外祖父与财神爷联想在一起。因为外祖父有三绺雪白雪白的长胡须，连眉毛都是雪白的。他手里老捏着旱烟筒，脚上无论冬夏，总是拖一双草拖鞋，冬天了再多套一双白布袜。长工阿根说财神爷就是这个样儿，他听一个小偷亲口告诉他的。

　　那个小偷有一夜来我家偷东西，从谷仓里偷了一担谷子，刚挑到后门口，却看见一个白胡子老公公站在门边，拿手一指，那担谷子就重得再也挑不动了。他吓得把扁担丢下，拔腿想跑，老公公却开口了："站住，不要跑。告诉你，我是这家的财神爷，你想偷东西是偷不走的。你没有钱，我给你两块银圆，你以后不要再做贼了。"老公公摸出两块亮晃晃的银圆给他，叫他快走。小偷从此再也不敢到我家偷东西了。所以这地方人人都知道我家的财神爷最灵、最管事。外祖父却摸着胡子笑眯眯地说：

"哪一家都有个财神爷，就看这一家人做事待人怎么样。"

外祖父是读书人，进过学，却什么功名都没考取过，后来就在祠堂里教私塾，并在当地给人义务治病。他医书看了很多，常常讲些药名或简单的方子给妈妈听。因此妈妈也像半个医生，什么茯苓、陈皮、薏米、红枣，无缘无故地就熬来喂我喝，说是理湿健脾的。外祖父坐在厨房门口的廊檐下，摸着长胡须对妈妈说："别给孩子吃药，我虽给旁人治病，但自己活了这么大年纪，却没吃过药。"他说，耳不医不聋，眼不医不瞎，上天给人的五官与内脏机能，本来都是很齐全的，好好保养，人人都可活到100岁。他说他自己起码可以活到90以上，因为他从不生气。我看着他雪白的胡须被风吹得飘呀飘的，很相信他说的话。

冬天，他最喜欢叫我搬两把竹椅，我们并排坐在后门的矮墙边晒太阳。夏天就坐在那儿乘凉，听他讲那讲不完的故事。妈妈怕他累，叫我换张靠背藤椅给他，他都不要。那时他70多岁，腰杆挺得直直的，没有一点佝偻的老态。

坐在后门口的一件有趣的工作，就是编小竹笼。外祖父用小刀把竹篾削得细细的，教我编一种四四方方的小笼子。笼子里面放圆卵石，编好了扔着玩。有一次，我捉了一只金龟子塞在里面，外祖父一定要我把它放走，他说虫子也不可随便虐待的。他指着墙角边正在排着队搬运食物的蚂蚁说："你看蚂蚁多好，一个家族同心协力地把食物运回洞里，藏起来冬天吃，从来没看见一只蚂蚁只顾自己在外吃饱了不回家的。"他常常故意丢一点糕饼在墙边，坐在那儿守着让蚂蚁搬运，嘴角一直挂着微笑，胡须也翘着。妈妈说外祖父会长寿，就是因为他看世上什么都是好玩的。

要饭的看见他坐在后门口，就伸手向他讨钱。他就掏出枚铜子给人家。一会儿，又来了一个，他再掏一枚。一直到铜子掏完，他才摇摇手说："今天没有了，明天我换了铜子你们再来。"妈妈说善门难开，叫他不要这么施舍，招来好多要饭的难对付。他像有点不高兴，烟筒敲得"咯咯"地响，他说："哪个愿意讨饭？总是没法子才走这条路。"有一次，我亲眼看见一个女乞丐向外祖父讨了一枚铜子，不到两个钟头，她又背了个孩子再来讨。我告诉外祖父说："她已经来过了。"他像听也没听见，又给她一枚。我问他："您为什么不看看清楚，她明明是欺骗您。"他说："孩子，天底下的事就是这样，他来骗你，你只要不被他骗就是了。一枚铜子，在她眼里比斗笠还大，多给她一枚，她多高兴。这么多讨饭的，有的人确实是好吃懒做，但有的真的是因为贫穷。我有多的，就给他们。也许有一天他们有好日子过了，也会想起自己从前的苦日子，想到受过人的接济，就会好好帮助别人了，那么我今天这枚铜钱的功效就很大了。"他喷了口烟，问我："你懂不懂？"

"懂是懂，不过我不大赞成拿钱给骗子。"我说。

"骗人的人也是可以被感化的。我讲个故事给你听，我们的国父孙中山先生就是位最慷慨、最不计较金钱的人，他自己没钱的时候，人家借给他钱，他不买吃的、穿的，却统统买了书。他说钱一定要用在正正当当的地方。当他宣扬革命的时候，许多人都来向他借钱，他都给人家。那时他的朋友胡汉民先生劝他说：许多人都是来骗你钱的，你不可太相信他们。他却说没有关系，这么多人里面，总有几个是真诚的。后来那些向他拿过钱、原只是想骗骗他的人，都被他感动，纷纷起来响应他了。这一件事就可证明，人人都可做好人。你当他是坏人，他也许真的就变坏了；你当他是好人，他就是偶然犯了过错，也会变好的。诚心诚意待人，一定可以感动对方的。我再讲一段国父的故事你听。"他讲起孙中山先生来就眉飞色舞，因为他最钦佩孙中山先生了。他说："国父在国外的时候，有一个留学生愿意参加革命，后来又有点害怕了，就偷偷割开他的皮包，偷走了一份革命党成员的名单。国父却装作不知道，等到革命成功以后，他一点也不计较那人所犯的过错，反而给他一个官做。那人万分的感动，做事做得很好。"

他忽然轻声轻气地问我："你知不知道那一次咱家财神爷吓走了小偷是怎么回事？"

"不知道。"

"你别告诉别人，那个白胡子财神爷就是我呀！"

"外公，您真好玩，那个小偷一定不知道。"

"他知道，他不好意思说，才故意那么告诉人的。我给他两块银圆，劝说他一顿，他后来就去学做手艺，没有再做小偷了。"

他又继续说："我不是说过吗？哪一家都有个财神爷，一个国家也有个财神爷，做官的个个好，老百姓也个个好，这个国家就会发财，就会强盛。"

这一段有趣的故事，我一直都没有忘怀。进入中学以后，每次圣诞节看见舞台上或橱窗里白眉毛、白胡子的圣诞老公公，就会想起我家的财神爷——我的外祖父，还有他老人家对我说的那段话。

"施比受更为有福。"这是古今中外颠扑不破的真理。外祖父就是一位专门将快乐带给人们的仁慈老人。

我现在执笔追述他的小故事时，眼前就出现他飘着白胡须的慈爱面容。他活到96岁，无疾而终。去世的当天早晨，他自己洗了澡，换好衣服，在佛堂与祖宗神位前点好香烛，然后安安静静地靠在床上，像睡觉似的睡着去世了。可是无论他是怎样的仙逝而去，我还是禁不住悲伤哭泣。因为那时我的双亲都已去世，他是唯一最爱我的亲人。我自幼依他膝下多年，我们的祖孙之情是超乎寻常的。记得最后那一年的腊月廿八，乡下演庙戏，天下着大雪，冻得人手足都僵硬了。而每年腊月的封门戏，班子总是最蹩脚的，衣服破烂，唱戏的都是又丑又老，连我这个戏迷都不想去看。可是外祖父点起灯笼，穿上钉鞋，对我与长工阿根说："走，我们看戏去。"

"我不去，外公，太冷了。"

"公公都不怕冷，你怕冷？走。"

他一手牵我，一手提灯笼，阿根背着长板凳，外祖父的钉鞋踩在雪地里，发出"沙沙"的清脆声音。他走得好快，到了庙里，戏已经开锣了，正殿里零零落落的还不到 30 个人。台上演的是我看厌了的《投军别窑》，一男一女哑着嗓子不知在唱些什么。武生旧分分的长靠背后，旗子都只剩了两杆，没精打采地垂下来。可是每唱完一出，外祖父却拼命拍手叫好。不知什么时候，他给台上递去一块银圆，叫他们来个"加官"，一个魁星兴高采烈地出来舞一通，接着一个戴纱帽穿红袍的又出来摇摆一阵，向外祖父照了照"洪福齐天"四个大字，外祖父摸着胡子笑开了嘴。

人都快散完了，我只想睡觉。可是我们一直等到散场才回家。路上的雪积得更厚了，老人的长筒钉鞋，慢慢地陷进雪里，再慢慢地提出来。我由阿根背着，撑着被雪压得沉甸甸的伞，在摇晃的灯笼光影里慢慢走回家。阿根埋怨说："这种破戏看它做什么？"

"你不懂，破班子怪可怜的，台下没有人看，叫他们怎么演得下去。所以我特地去捧场的。"外祖父说。

"你还给他一块银圆呢。"我说。

"让他们打壶酒，买斤肉，暖暖肠胃，天太冷了。"

红灯笼的光晕照在雪地上，好美的颜色。我再看外祖父雪白的长胡须，也被灯笼照得变成了粉红色。我抱着阿根的颈子说："外公真好。"

"唔，你老人家这样好心，将来不是神仙就是佛。"阿根说。

我看看外祖父快乐的神情，他真像是一位神仙似的。

那是我最后一次跟外祖父看庙戏。以后我外出求学，就没机会陪他一起看庙戏、听他讲故事了。

现在，我抬头望着蔚蓝的晴空，朵朵白云后面，仿佛出现了我那留着雪白长须的外祖父，他在对我微笑，也对这世界微笑。

（摘自《读者》2015 年第 3 期）

七日之粮

木 心

今夜的天色正合司马子反的心意。

月亮是圆的,云气很盛,飘得快,地面一阵暗一阵明,要偷瞰宋城,这是最好的机会。

司马子反决计独自爬登距堙,这用土壅高而附上城去的斜坡,甚陡。他手足并举,听着自己的呼吸渐促,背脊的汗水令他发痒,这让他想起已很久没有洗过澡了。

快到顶端时,他攀伤了指甲,但忍痛完成最要紧的收腹撑跃。站定在城头,他不由得呕出几口酸水,想蹲下来,却就此坐倒。他抑制住了呻吟。

月色明一阵,暗一阵。

举目望去,宋城规模不小,为准备巷战而修的壁垒,称得上森严,然而灯火稀落,不闻刁斗更柝之声。弥漫在夜气中的是异常的焦臭,绝非田父为积肥而进行的野烧，倒像是大火灾之后的气息。但全城屋舍俨然，这就奇了。

此城墙其实是外郭。所谓三里之城，七里之郭，隔着河水，静悄悄的，没有巡逻的戍卒——想必是隐守在要害处。

司马子反凝了凝神，蹑手蹑脚，沿边向那举烽的粗木高架靠近。

跫声，有人上来！

子反闪匿在垛阙的暗影里，屏息间已辨知来者行动滞钝——老了，或有病。子反继而确定他是独行。子反又高兴起来，而且他突然感觉到夤夜登城的那个，很可能与自己的身份对等，而且……他惨然一笑。这时，跫声却没了。

跫声是没了？

侧耳细听，咻咻然那是喘息……

子反忽然想下去挽助，但瞬间又克制住了这个怪念头。

跫声又起……颤巍巍，一个上大夫装束的龙钟背影冒出坑口。月光照着白髯，他双手按在膝盖上，连连咳嗽。

司马子反掸了掸下身的灰土，从垛阙的阴影里直身移步上前："月出皎兮，佼人僚兮。舒窈纠兮，劳心悄兮……"

刚上城头的那一位显然吃惊不小，旋即镇定，接口道："月出皓兮，佼人……兮……舒忧受兮……劳心……兮。"

此时，司马子反差不多完全看清相对作揖的，是闻名遐迩的华元大夫。那就不必兜圈子了。

"子之国，何如？"

"真是已经吃不消了！"华元抚了抚白髯。

子反："惫到什么地步呢？"

华元："易子而食之，析骸而炊之。"

子反："唉唉，甚矣惫……我相信您说的是实话，然而以一般的道理来讲，再穷，也还得装阔呀。拿木片把马嘴衔住，就显得槽里有的是秫粟，而您怎么把老底抖给了我呢？"

"君子见人之厄则矜之，小人见人之厄则幸之。我看您是个君子，就竹筒倒豆子嘛。"

彼此似笑非笑地笑了一下。

司马子反深深地吸一口气，用这口气把话冲出来："诺，你们好好坚守城池吧，我们也只有七日之粮了，吃光，就回去。"

华元轻声问道："班师的路上不开伙食了吗？"

子反耸耸肩："所以说，我们至多只能再围两三天，余粮用于归途。"

二人相对拱手，作揖，影子投在雉堞上，是很美丽的。浮云刚过去一块，另一块在移过来。

司马子反翻身退落距堙，华元大夫俯首目送，频频挥手。

司马子反进帐，拿起一个硬馍来啃，似乎很香，似乎可以喝点什么酒，似乎该洗个热水澡。但他转念一想，还是不等天亮，当即去见庄王。

庄王也没有安寝，正要打哈欠却把哈欠的下一半吞掉："怎么样？"

"侦察过了。"

"怎么样？"

"惫矣！"子反蹙起眉头，又松展。

"惫到什么地步了？"

"易子而食，析骸而炊。华元大夫亲口告诉我的。"

"哎哟，糟透了……我还是要占领它，然后再回去。"

子反把双手叠起："我对他们说，我们也只有这点粮食了。"

庄王的声音很响："你做了什么哟！"

子反将双手分开，长跽而言曰："区区之宋，尚且有不欺之臣，楚可以无乎？七日之粮，说也已经说出去了！"

庄王示意侍卫取酒，重点松明之后，调整脸色，曼声道："好吧，那么你给我立即造一批房子，留守在这里。虽然，吾犹取此，然后归尔。"说罢便作态赐酒。

司马子反接酒，谢毕，说："好吧，君请处于此，臣请归尔。"

庄王停樽莞然："你走了，我和什么人下棋对饮呢？那就一同回去吧！"

古时候的人，说过的话是算数的，第二天卯时就下令拔营，要带七日之粮引师归去。

楚军的先遣部队，照例是轻装，辰时就打点出发了。庄王照例是位于中间的，所以是近午登鞍，他不欲乘车是为了赏览满山红叶。许多后事当然由司马子反妥善收尾。庄王临走时，歪着脖子道："你瞧着办吧，事情已经是这样了。"

所以司马子反显得有条不紊，毋庸顾虑宋兵会来劫粮。

暮霭四起，少顷，便皓月东升，十六之夜的月和昨日三五之夜的月一样圆，只是云没了。

司马子反望望银辉中的宋城，以为能听到些什么打击乐器的声音，然而只有木桩之周的蟋蟀在叫，几幡有待收卷的旌旗在风里猎猎不止。

护粮官上前敬了个礼："大人的尊意是……"

"说过了，留一半下来。"

"那，我们自己只有七日之粮，路上可能要走八天，如果下雨的话……"

"宋城中，他们用自己父亲的尸骨，烧别人儿子的肉来充饥。"

护粮官低头，缩脚退去了。

司马子反负手踱步在刚拆掉辕门的路边，传令兵从背后走过。他指着猎猎的旌旗喝道："还不把这些东西统统收起来！"

这时，宋城的门徐徐地开了一条缝，挤出十来个高矮不等的人，从远处望，越发显得骨瘦如柴，为首的有白髯者，无疑是华元。

司马子反向他们走去，却见他们停步，横排成一行。

他也立定。

古礼送者长跪注目，行者作揖挥手。

应该有一点声音，一点声音也没有。月亮。

（摘自《读者》2019 年第 13 期）

大自然的迷局

明前茶

  南瓜园里，南瓜的小苗刚刚露头时，萤火虫就拿它当鲜嫩的点心来啃食，几只萤火虫就能把它啃得麻麻点点，让可怜的南瓜苗断了生机。

  农场的老周为我们示范怎样为柔弱的小苗驱赶萤火虫：他从镇上学校食堂里搜罗来成筐的鸡蛋壳，用火钳夹着，逐一在火苗上燎烤，直到鸡蛋壳发出微微的焦气。然后，再搜罗一些竹筷，钳断筷子做成小棍，在南瓜苗的近旁用小棍支起烧焦了的鸡蛋壳，如同撑起一顶顶迷你的华盖。

  萤火虫惧怕焦蛋壳的气味，有了这个防护措施，它们就避而远之了。等南瓜苗长大，伸展出日新月异的牵藤，叶子转眼间比巴掌还要大，农人们就不管萤火虫来不来吃了。喷杀虫药的办法是他们绝对不喜欢的。夏日的菜园，怎能没有萤火虫飞舞？在农场里，萤火虫绝对不算对农作物危害最大的害虫，根本不需要用农药来喷杀。

南瓜花开了，农场小孩的夏日游戏，就是蹑手蹑脚走近南瓜花（一般是雄花），右手将花瓣口猛地拢紧，左手掐下花柄，数只萤火虫就由此"入瓮"了。回家后用瓶子把萤火虫装起来，就成了蚊帐里的一盏小灯——亮莹莹的幻想之灯。这种捉虫法，就像跟萤火虫做游戏。被孩子折下来的南瓜花，虽然已经被萤火虫啃出小洞，也会被裹上面糊油炸了当茶点，不会浪费。

相比之下，喷药是最没有长远眼光的做法。吃了被药放翻的虫子，鸟雀也会中毒的。鸟雀遭毒杀，大自然原本不动声色勾连着的生物链被粗暴地扯断，第二年的虫害会变本加厉。

但鸟雀也是要防的。以梨园为例，如果不防鸟，梨子长到乒乓球大小，就会被鸟儿东一口、西一口啄出很多洞。梨子还在幼年时期，就毁了。因此，梨子结出来没多久就要被套上小袋子，隔一段时间还要换大袋。这是相当考验人眼、心、手能否合一的体力活：每人肚子上系一个褡裢式的围兜，纸袋就放在围兜里，左手拿出一小沓纸袋，右手飞快地抽、捻、套，用订书机咔嚓一下封口。专注的熟手，扛着沉重的铁梯爬上爬下，一天能套十多棵树，数千只梨子。可有一件事相当奇怪：就算藏在枝条缝隙里的梨子，他们套起来也没有一个漏网的，但偏偏漏过了向阳面的几只梨。

梨园老板说："那是给鸟留着的。梨不留，鸟不来，梨园里的害虫就会泛滥成灾。"套了袋子也不解决问题？是的，因为梨子需要呼吸，袋口不能封得太死，食心虫完全有缝隙钻进去。这样，套了袋还需再除虫。而除虫就要去袋喷药，那可耗费人工。

于是，最好的办法还是留下向阳处最醒目、最甜美的果实，邀请吃虫的鸟儿来驻留。鸟雀的啄食，肯定也除不尽所有的害虫，但有什么关系？

有虫眼的梨子收下来，就不卖了，秋天他们会自己熬一些秋梨膏来吃。

农人讲不出"和谐共生"之类的大道理，他们只知道梨子、鸟雀、害虫之间的微妙牵制是大自然布下的迷局，他们宽容地笑着说："要留有余地，因为大家都要过下去。"

（摘自《读者》2016 年第 2 期）

父亲最高兴的一天

路 遥

我从地区中师毕业后，回到县城一所小学教书。除了教书，我还捎带保管学校唯一的一台收录机。

放寒假时，学校让我把宝贝带回家去保管，我非常乐意接受这个任务。我是个单身汉，家又在农村，有这台收录机做伴，一个假期不会再感到寂寞。

转眼到了大年三十。

父亲舒服地吐着烟雾，对我说："把你那个唱歌匣匣拿出来，咱今晚好好听一听。"他安逸地仰靠在铺盖卷上，一副养尊处优的架势。我赶忙取出收录机，放他老人家爱听的韩起祥说书。父亲半闭着眼睛，一边听，一边悠闲地用手捋着下巴上的一撮山羊胡子。韩起祥的一口陕北土话，在他听来大概就是百灵鸟在叫。

韩起祥说到热闹处，急促的声音和繁密的三弦声、快板声响成一片，好像一把铲子正在烧红的铁锅里飞快地搅动着爆炒的豆子。父亲情绪高涨，竟然也用陕北土话，跟着老韩嚷嚷起来，手舞足蹈，又说又唱。

看着父亲得意忘形地又说又唱，我说："爸，干脆让我把你的声音也录下来。""我的声音？""嗯。""能录下来吗？""能。"

他突然惊慌起来，连连摆手，说："我不会说，我不会说。"我很快卡住开关，然后放给他听。收录机里传出他的声音："我不会说，我不会说。"父亲吃惊地叫起来："这不是我的声音吗？"

父亲显然对这事产生了极大的兴趣。他跃跃欲试，又有点不好意思，格外紧张地把腰板挺了挺，像要举行什么隆重仪式似的，两只手把头上的毡帽扶端正，庄严地咳嗽了一声。他突然像小孩子一样红着脸问我："我说什么？"

我忍不住笑了，说："比如说你这一生中最高兴的一天。"

"一生中最高兴的一天？那当然是我和你妈成亲的那天……你看我，说些甚。提起那年头，真叫人没法说。冬天的时候，公社把各大队抽来的民工都集中到寺佛村，像兵一样分成班、排、连，白天大干，晚上夜战，连轴转。到了年底，还不放假。大年三十早晨，所有的民工都跑了个精光，我也就跑回来了。那天早上我跑回家时，你们母子几个围着一床烂被子，坐在炕上哭鼻子。看了这情景，你不知道我心里有多难受。大家都穷得叮当响，过年要甚没甚，咱家里就更不能提了。旁人家孬好都还割了几斤肉，咱们家我没回来，连一点肉皮皮都没有。我转身就往县城跑。我当时想，就是抢也要抢回几斤肉来。我进了县城，已经到了中午，副食门市部的门关得死死的。唉，过年，人家早下班了。

"我长叹了一口气，抱住头，蹲在门市部前面的石台子上，真想放开声哭一场。我来到后门，门也关着，不过听见里面有人咳嗽。我站着，不敢敲门。为甚？怕。怕什么？当时也说不清。我突然冒出个好主意。我想，如果我说我是县委书记的亲戚，门市部的人还敢不卖给我肉吗？我不知道书记的大号，只知道姓冯。好，我今天就是冯书记的亲戚。我硬着头皮敲后门，门开了一条缝，露出一颗胖头。我对他说，冯书记让你们割几斤肉。哈，不用说，胖头起先根本不相信我是冯书记的亲戚。他打量我半天，后来大概又有点相信了。

"他说一斤八毛钱。我说，那就割五斤吧。我原来只想割上二斤肉，够你们母子几个吃一顿就行了。我不准备吃，因为在民工的大灶吃过两顿肉。我想余下两块多钱，给你妈买一条羊肚子毛巾，再给你们几个娃娃买些鞭炮。她头上那条毛巾已经包了两年，又脏又烂。吃肉放炮，这才算过年呀。可是，一个县委书记的亲戚走一回后门，怎能只割二斤肉呢？我咬咬牙，把四块钱都破费了。那个胖干部好像还在嘲笑冯书记的这个穷酸亲戚。他当然没说，我是从他脸上看出来的。不管怎样，我总算割到了肉，而且是一块多么肥的刀口肉啊。我走到街上，高兴得真不知道如何是好。我想，我把这块肥肉提回家，你妈，你们几个娃娃，看见会有多高兴啊。咱们要过一个富年。

"在街上，一个叫花子拦住我的路。我一看，这不是叫花子，是高家村的高五，和我一块当民工的。他老婆有病，他已经累得只剩下一把干骨头。高五穿一身开花棉袄，腰里束一根烂麻绳，当街挡住我，问我在什么地方割了这么一块好肉。我没敢给他实说，我怕他知道了窍门，也去冒充县委书记的亲戚。这还了得？叫公安局查出来，恐怕要坐班房。我撒谎说，肉是从一个外地人手里买的。高五忙问，那个外地人现在在什么地方？我说，人家早走了。高五一脸哭相对我说，前几天公家卖肉时，他手里一分钱也没有。直到今天早上，他才向别人央告着借了几个钱，可现在又连一点肉都买不到了。他说，大人怎样都可以，不吃肉也搁不到年这边，可娃娃们不行呀，大哭小叫的……他瞅了一眼我手里提的这块肉，可怜巴巴地问能不能给他分一点。说实话，我可怜他，但又舍不得这么肥的肉。我对他说，这肉是高价买的。他忙问多少钱一斤。我随口说，一块六毛钱一斤。不料，高五说，一块六就一块六，你给我分上二斤。我心想，当初我也就只想买二斤肉，现在还不如给他分上二斤呢。实际上，你知道不，我当时想，一斤肉白挣八毛钱。拿这钱，我就可以给你妈和你们几个娃娃买点过年的东西。我对他说，那好，咱俩一劈两半。可怜的高五一脸愁相变成笑脸。

"就这样，高五拿了二斤半肉，把四块钱塞到我手里，笑呵呵地走了，倒像是占了我的便宜。好，我来时拿四块钱，现在还是四块钱，手里却提了二斤半的一条子肥肉。这肉等于是我在路上白捡的。好运气。

"我马上到铺子里给你妈买了一条新毛巾，给你们几个娃娃买了几串鞭炮。还剩下七毛钱，又给你们几个馋嘴买了几颗洋糖……我一路小跑往家里赶，一路跑，一路咧开嘴笑。嘿嘿，我自个儿都听见我笑出了声。如果不是一天没吃饭，肚子饿得直叫唤，我说不定还会高兴得唱它一段小曲……

"你不是叫我说一生中最高兴的一天吗？真的，这辈子没有哪一天比过这一天。高兴什么？高兴你妈和你们几个娃娃过这个年总算能吃一顿肉了。而且，你妈有了新毛巾，你们几个娃娃也能放鞭炮、吃洋糖了……"

我"啪"一声关了收录机，一个人来到院子里。远远近近的爆竹声此起彼伏，空气里弥漫着和平的硝烟。此刻，这一切给我的心灵带来无限温馨和慰藉。

（摘自《读者》2015 年第 10 期）

给母亲梳头发

林文月

这一把用了多年的旧梳子，滑润无比，上面还浸染着属于母亲的独特发香。我用它给坐在前面的母亲梳头，小心谨慎，尽量少让头发掉落。

天气晴朗，阳光透过七层楼的病房玻璃窗直射到床边的小几上。母亲的头顶上也闪耀着这初夏的阳光。她背对我坐着，花白的发根清晰可见。唉，曾经多么乌黑浓密的长发，如今却变得如此稀薄，只余小小一握在我的左手掌心里。

记得小时候最喜欢早晨睁眼时看到母亲梳理头发。那一头从未修剪过的头发，几乎长可及地，所以她总是站在梳妆台前梳理，没法坐着。一把梳子从头顶往下缓缓地梳，还得用她的左手分段抓着才能梳通。全部梳通之后，就在后脑勺用一条黑丝线来回地扎，扎得牢牢的；再将一根比毛线针稍细的钢针穿过，然后便把垂在背后的一头乌亮的长发在那钢针上左右盘缠，梳出一个均衡而标致的髻子；接着套上一个黑色的细网，再用四只长夹子从上下左右固定形状；最后拔去钢针，插上一只金色的耳挖子，或者戴上有翠饰的簪子。这时，母亲才舒一口气，轻轻捶几下举酸了的双臂；然后，着手收拾摊在梳妆台上的各种梳栉用具。有时，她从镜子里瞥见我在床上静静地偷看她，就会催促："看什么呀，醒了还不快起床。"也不知道是什么缘故，对于母亲梳头的动作，我真是百看不厌。心里好羡慕那一头长发，觉得她那熟练的一举一动很动人。

我曾经问过母亲，为什么一辈子都不剪一次头发呢？她只是回答："因为小时候你阿公不许剪，现在你们爸爸又不准。"自己的头发竟由不得自己做主，这难道是"三从四德"的遗留吗？我有些可怜她。但是另一方面，又庆幸她没有把这样美丽的头发剪掉，否则我就看不到她早晨梳发的模样了。

母亲是一位典型的旧式贤妻良母。虽然她曾受过良好的教育，可是自我记事以来，她似乎是把全部精力都放在家事上了。她伺候父亲的生活起居，无微不至，使得在事业方面颇有成就的父亲回到家里就变成一个完全无助的男人。她对子女们也照顾得十分用心，虽然家里一直都雇有女佣打杂做粗活儿，但她向来是亲自上市场选购食物，全家人所用的毛巾、手绢等，也都得由她亲手漂洗。我们的皮鞋是她每天擦亮的，她还要在周末给我们洗晒球鞋。所以星期天上午，那些大大小小、黑黑白白的球鞋经常被整齐地放在阳台的栏杆上。我那时极厌恶母亲这样做，深恐偶然有同学或熟人走过门前看见，我却忽略了自己脚上那双干净的鞋子是怎么来的。

母亲当然也很关心子女的读书情况。她不一定查阅或指导每一个人的功课，只是尽量替我们处理好课业外的琐事。说来惭愧，上高中以前，我从未削过一支铅笔。我们房间里有一个专放文具的五斗柜，下面各层抽屉中存放着各种各样的笔记本和稿纸，最上面的两个抽屉里，左边放着削尖的铅笔，右边则是用过的磨钝的铅笔。我们兄弟姐妹放学后，每个人只要把铅笔盒中写钝了的铅笔放进右边小抽屉，再从左边抽屉取出削好的，便可各自去做功课了。从前并没有电动的削笔机，好像连手摇的都很少看到，每一支铅笔都是母亲用那把锐利的士林刀削好的。现在回想起来，母亲未免太过宠爱我们了，然而我们当时却视此为理所当然而不知感激。有一回，放学较迟，削尖的铅笔已被别人拿光，我竟为此与母亲斗过气。家中琐碎的事情那么多，我真想象不出，母亲是在什么时间做这些额外的工作的。

岁月流逝，子女们都先后长大成人，而母亲却在我们忙于成长的喜悦中不知不觉地衰老。她姣好的面庞有皱纹出现，她的一头秀发也逐渐变得花白而稀薄。这些年来，我一心一意照料自己的小家庭，也忙着养育自己的儿女，更能体会往日母亲的爱心。我不再能天天与母亲相处，也看不到她在晨曦中梳理头发的样子，只是惊觉那发髻已明显变小。她仍然梳着相同样式的髻子，但是，从前堆满后颈的乌发，如今所余已不及原有分量的四分之一。

近年来，母亲的身体已大不如前。由于心脏机能衰退，医生不得不为她施行外科手术，将一块火柴盒大小的干电池装入她左胸口的表皮下。这是她有生以来首次接受手术。她十分害怕，而我们大家更是忧虑不已。幸而一切顺利，经过一夜安眠之后。母亲终于渡过难关。

数日后，医生准许母亲下床活动，以促进伤口愈合并恢复体力。可是，母亲忽然变得十分软弱，不再是从前翼护着我们的那位大无畏的妇人了。她需要关怀，需要依靠，尤其不习惯装入体内的那块干电池，甚至不敢碰触也无法正视它。好洁成癖的她，竟因而拒绝特别护士为她沐浴。最后，只得由我出面说服。每隔一日，我便为她擦洗身体。起初，我们两个人都有些忸怩。母亲一直嘀咕着："怎么好意思让女儿给我洗澡哪！"我用不太熟练的手法，小心地为她擦拭身子。没想到，她竟然逐渐放松，终于柔顺地任由我照料。我的手指遂不自觉地带着一种母性的慈祥和温柔，爱怜地为母亲洗澡。我相信在我幼小的时候，母亲也一定是这样慈祥温柔地替我沐浴的。于是，我突然分辨不出亲情的方向，仿佛眼前这位衰老的母亲是我娇宠的婴儿。我的心里弥漫着高贵的母性之爱。

洗完澡后，换一身干净的衣服，母亲觉得舒畅无比，更要求我为她梳理因久卧病床而蓬乱的头发。我们拉了一把椅子到窗边。从这里可以眺望马路对面的楼房。楼房之后有一座被白云遮掩的青山，青山之上是蔚蓝的天空。

起初，我们闲聊着一些无关紧要的话题。不久，却变成我一个人的轻声絮聒。母亲是背对着我坐的，所以我看不见她的脸。许是已经困了吧？我想她大概舒服地睡着了，像婴儿沐浴后那样……嘘，轻一点。我轻轻柔柔地替她梳理头发，依照幼时记忆中的那一套过程。不要惊动她，不要惊动她，让她就这样坐着，舒舒服服地打一个盹儿吧。

（摘自《读者》2019 年第 6 期）

人生中最难的事

韩松落

从电影诞生那天起，爱情一直是电影最重要的主题。渐渐地，时代变了，人们疲于言说爱情、赞美爱情，却依旧渴望看到爱情片。在爱情片稀缺的时代，真是看一部少一部，每一部都值得珍惜。这不，我们又有了一部爱情片——《我的宠物是大象》，主演是曾经演过很多爱情片的香港演员刘青云。

很多爱情片，都会让主人公从事一份通常意义上的体面职业，或是白领，或是传媒界、金融界人士，或是医生、律师，但《我的宠物是大象》的主人公老齐，却是一个马戏团团长，带领着一群年轻人和几头大象四处流浪，到处表演。终于，他们得到一个机会，可能获得一个固定的演出场所，却遭到富家女杰西卡的破坏。她是动物保护者，反对动物表演，用尽办法阻止老齐马戏团的大象表演。但当她真正进入马戏团，和演员们朝夕相处之后，她的想法却发生了变化。她开始认真地考虑，到底是人重要，还是动物更重要？离开了人的照顾（或者说利用），动物的生存环境是否会更好一点？但最终，他们还是没能抵挡住时代大势的变化。

这个故事最难表达，也是最有韵味、最让人产生共鸣的部分，在于它讲述了人生中最难的一件事，那就是如何留住身边的人。

刘青云扮演的老齐是有人物原型的，他叫周伟，云南人，20 世纪 90 年代就开始做生意，开过夜总会，开过木材厂，曾经有过豪车、别墅。但人总是会被一些说不清的事物吸引，从此走上一条超出预想的道路。吸引周伟的事物，竟然是大象。1997 年，赚了很多钱的周伟在云南石林开了一家象园，打算赚旅游业的钱。象园开张之后没有生意，他不得不关闭象园。但大象得有个去处，于是，他开始做大象表演，带着 5 头大象到处巡回演出。20 年的时间，他和他的大象去过很多地方，也有过常驻一地演出的机会，但最后都难乎为继。就这样，周伟耗尽亿万家财，变成一个马戏团团长，成天为大象下一顿吃什么而担心。

当然，为大象所累，从而转变了命运，可以有很多种解释。在《我的宠物是大象》里，却给老齐的人生赋予了一种很能引起我们共鸣的解释。他是因为帮助朋友而成为流浪的马戏团团长，又因为想给大象和马戏团的众人争取固定演出场所费尽心思。他之所以做这些事，是因为他善良宽厚，更因为他喜聚不喜散，喜欢每个人一直在场，更喜欢用一桩共同的事业把大家伙儿聚在一起的感觉。杰西卡喜欢的，也是这种感觉，所以她几次三番感谢他："谢谢你，又给了我一个家。"但现实不允许这个青春乌托邦继续下去，他所在的行业在没落，他喜欢的人都将有自己的生活。他终于领悟到：这个家我也保不住了，虽然我一直在努力维持，可是到最后，人和人都会走散的。

　　人生中最难的事，其实就是留住眼前人，让欢宴永远持续，让聚会永远停留在高潮。所以，我们看到的那些历史人物的故事里，最让人哀伤，也最惊心动魄的，就是他们如何留住眼前人。为了另一个人，要舍弃江山，要耗尽家财。为了让青春的乌托邦永续，就要创立事业，留住兄弟。在成龙的故事里，有这样一个让人印象深刻的细节：成名后的他，每天都喜欢和朋友们或者那些依靠他吃饭的兄弟们聚在一起吃饭、聊天，然后他就在欢聚中睡着。只有他睡着了，朋友们才能离开。

　　赢得一个人的心，还不算一了百了。留住眼前人，留到老、留到死，才算是大功告成。而其中的殚精竭虑、战战兢兢、朝不保夕，不是亲身经历过的人，又怎能体会？

　　最终，每个人都要在离散中获得成长，慢慢接受人都会走散这个事实。老齐最终接受了失去大象、朋友离散的事实，但他并没有颓废。他终于意识到，自己要跟上时代，不被时代抛弃。但是，过去的生活总会留下点什么，就像片中人说的："生活不是我们活过的日子，而是我们记得住的日子。"

　　　　　　　　　　　　　　　　　　　　（摘自《读者》2019 年第 13 期）

失踪的夹竹桃

裘山山

春天开学的时候，我和蓝蓝的革命友谊被她的身高插了一竿子：一个假期下来，她竟然长高好多，像根竹竿一样杵在我面前，于是被老师调到教室最后一排去了。我又遗憾又羡慕地问她，你吃什么了，长那么快？她羞报地说，我也不知道，我也不想长这么高。

我相信她说的是心里话，长这么高，就要去最后一排坐了。我的同桌换成了陈淑芬。陈淑芬倒是很开心，她一直想坐我旁边。陈淑芬整个人比我还小一圈儿，瘦瘦的。她有个毛病，口吃。因为口吃，她不爱说话。不过她爱笑，笑起来挺可爱。

陈淑芬还有个特别的地方，她有一根非常长的辫子，那是我长到十四岁见过的最长的辫子，从脑后一直拖到屁股上。上课的时候，为了防止坐在她后面的男生拽她的辫子，她总是把辫子放到胸前，甚至揣在衣服口袋里，但是上体育课或者做操时，还是经常被讨厌的男生拽，有一次竟被拽倒在地。我问她，干吗非要把头发留那么长？剪短点儿嘛。她摇摇头。我自作聪明地说，你这些头发可以卖钱哦，起码可以卖两块钱。我的头发就卖过五毛钱。她还是摇头。我猜想，可能长辫子是她身上最宝贵的东西了。

那个时候，我很喜欢花花草草，所有的花草都对我有天然的吸引力。小时候我家虽然住在大学校区，但围墙外便是农田。我时常翻出围墙钻进田野里，一玩儿就是几小时。搬到小城后，我马上发现我们家楼后有一片杂草丛生的坡地，去了几次后，悄悄跑去开垦了一片巴掌大的田。

陈淑芬知道我喜欢花花草草，她说她也喜欢，她说她妈妈在家门口一个破痰盂里种了辣椒，已经开花了，马上就会结辣椒。我非常羡慕，她答应明年春天给我两棵辣椒苗。过了两天她又告诉我，她妈妈种的苞谷背娃娃了。我不懂背娃娃是什么意思，她说就是结苞谷了。我一时间泛起无限崇拜，口水都从眼睛里溢出来了。她马上说，等苞谷长……长好了，我就给你带一棒，嫩苞谷特……特好吃。

我连连点头，感觉生活一下有了盼头。

陈淑芬对我这么好，我也想表示一下，就给了她两个核桃。核桃是妈妈给我当零嘴的，爸爸单位上分的，每家两斤。可核桃壳死硬，我拿到后怎么都吃不进嘴里。所以我把核桃给她，有点儿处理的意思。幸好陈淑芬很高兴，比我听到有苞谷吃还高兴，她摩挲了一下核桃，迅速将其藏进书包里。

第二天陈淑芬问我，你家还有核桃吗？我说，干吗？她说，我老汉儿病了，吃……吃中药，就……就差核桃。她似乎有些不好意思，结巴得更厉害了。我连忙问她需要多少个，她伸出两根手指。于是我连续三天，每天上学前都悄悄从橱柜里拿两个核桃，藏在书包里带给她。

到第五天，终于被妈妈发现了。妈妈很生气，她说，你想吃就告诉我，干吗偷偷摸摸的？我觉得自己是在做好人好事，被妈妈骂很委屈，就大声说，我不是偷吃，我是为了帮助同学！同学的爸爸生病了，要配中药！妈妈听了哭笑不得地说，我还是第一次听说中药里有核桃的，是你那个同学自己嘴馋了吧？我一愣，是啊，我怎么就没想到呢。陈淑芬那么瘦，肯定嘴馋，说不定她以前没吃过核桃。

但我没好意思去追问她，我只是跟她说，我们家没核桃了。陈淑芬连忙说，没事的，我老汉儿不……不喝中药了。我松了一口气。

只是没想到我很快就发现了陈淑芬的秘密。

那天晚上吃过饭，我去学校参加入团积极分子培训班。学习结束从学校出来，已经是晚上八点了，我很少这么晚独自回家，便从市中心绕着走。

路过市中心公园时，见门口围着一圈人，似乎有人在唱《红灯记》。我下意识地凑过去想看一眼，不料这一眼就把我给定住了——原来圈子里围着的，是陈淑芬和一个瞎老头。

瞎老头在拉二胡，陈淑芬在唱《都有一颗红亮的心》。我目瞪口呆，没想到陈淑芬的嗓子那么尖亮，而且一点儿不磕巴，很流畅，很专业，好像她身体里装了台收音机。瞎老头咿咿呀呀地拉，她比比画画地唱，我简直听傻了，很有些佩服。

陈淑芬唱完，围观的人都鼓掌。突然，出现了两个戴红袖套的，大声呵斥说，不许在这儿唱！哪个喊你们在这儿唱的？

围观的人一哄而散。

陈淑芬收拾好地上的东西，一只胳膊挎着木凳，一只手拎着网兜脸盆，站到那个瞎老头的前面。瞎老头背好二胡，伸手拽住她的辫子，两个人就一前一后走了。

我下意识地跟着他们，只见他们慢慢下了台阶，走到马路边上。马路上的人已经不多了，瞎老头紧紧拽着陈淑芬的辫子，有时他跟不上陈淑芬，陈淑芬的辫子就被拽得直直的，脑袋朝后仰。

原来，她的长辫子是用来给瞎老头引路的！

我被这意外的发现弄得心惊肉跳，难怪她不肯剪辫子。瞎老头是她爷爷吗？从来没听她提起过她有个瞎子爷爷呀。

我在他们后面跟了好长一段时间才回家。到家已经是晚上九点了。妈妈自然一顿训斥，我顾不上辩解，就迫不及待地把遇见的事告诉了她。妈妈叹了口气，什么也没说，过了一会儿又叹了口气，我感觉她很难过。

这么大的秘密，我实在是憋不住。

第二天上学路上，我就告诉了蓝蓝。我说了之后，期待着蓝蓝张大嘴巴瞪大眼睛的表情，我甚至打算约她一起去公园看。不料蓝蓝一副三百年前就知道的样子，慢条斯理地说，我晓得，那个老头儿不是她爷爷，是她老汉儿。

结果张大嘴巴的是我，那么老一个老头，居然是她老汉儿？

我说，你也晓得她晚上要去公园唱戏？

蓝蓝说，我不晓得，我只晓得她老汉儿原来是川剧团的琴师。

我好歹挽回了一点面子。看来，陈淑芬会唱戏也不是什么秘密。于是见到陈淑芬时，我脱口就说，昨天晚上我看到你了⋯⋯

你看到我了？在哪儿？她有些紧张，居然没口吃。

我连忙改口，不是不是，我梦到你了。

你梦到我在干什么呢？她问，还是有些疑心。

我说，我梦见你，那个，在唱歌，唱得很好听。

我一时编不出别的内容来，她的笑容马上消失了。

她知道我知道了，我知道她知道我知道了，但我们都没说破。我的心情很复杂：又同情她，又怀疑她；又想告诉别人她会唱戏，又怕别人知道她在唱戏。

但过了几天我还是按捺不住了，我问她，你老汉儿的眼睛是怎么瞎的？

她回答说，从小就瞎。

我又问，她又答。我们的谈话断断续续，结结巴巴，经历了好长时间。终于，我搞清楚了她老汉儿的基本情况。原来她老汉儿从小就有一只眼睛是瞎的，跟着一个拉二胡的学会了拉二胡，拉得特别好，就进了川剧团。哪知前些年，另一只眼睛也看不到了，全瞎了。她老汉儿因为不能上台演出，成天闷在家里，时常乱发脾气。

我想让老汉儿高兴，就带他到外头去拉，只要有人听，有人叫好，他就高兴得不得了。她全说了。

我总也忘不了那个画面，她老汉儿拽着她的辫子，在夜色里徐徐向前。我很想问，你老汉儿那样拽着你，不疼吗？可是最终没有问。我怕她会伤心。

我们不再谈这件事。我们还是谈花花草草。我们在农技课上学了果树嫁接，便想把它应用在我的小花园里。

星期天一早，我从家里拿了一把剪刀，一根长布条，还有一副线手套，陈淑芬则带了小刀，一共四样"作案"工具。

陈淑芬一见我就说，跟你说个"嘿好嘿好"的消息，我老汉儿今天晚上要去演出！是正儿八经的演出！在文化宫。他们川剧团排演《红灯记》，那个拉二胡的病了，喊我老汉儿去顶替。昨天晚上通知的，我老汉儿笑美了。

我第一次听到陈淑芬一口气讲出这么多话，而且完全没有磕巴，像唱出来的，太不可思议了。看来结巴也不是铁打的。我被她的情绪感染，大声说，噢，真的！太好了，我也要去看！

去嘛去嘛，你……你不用买票，到后……后台找我。

陈淑芬恢复了常态，大包大揽地邀请我。显然，她老汉儿去演出，是少不了她这个"拐杖"的。

我们顶着大太阳兴冲冲地走，陈淑芬被喜事鼓舞着，步子迈得飞快。太阳已经发威，把柏油路都晒软了，我感觉脚底发烫，眼前白花花一片。

我们来到距离学校不远的马路边上。那条路的两旁全是夹竹桃。六月里，夹竹桃无比茂盛，像一堵密不透风的绿色的墙。眼下它们已经开花了，红色的花和白色的花，都一嘟噜一嘟噜地坠着枝条。

我的远大理想是，通过嫁接，让一根夹竹桃的枝上开出两种颜色的花来。陈淑芬虽然对此表示怀疑，但也只把怀疑留在眼神里，没说出来。我说，试试呗，不试怎么知道行不行。

陈淑芬把长辫子在脖子上绕了两圈，然后挽起袖子，一副要大干一场的样子。我也戴上手套，按照书上的方法，先在开红花的夹竹桃里剪了一枝含苞待放的，把树枝根部削尖。再到开白花的粗干上去切切口。没想到切口很难切，虽然陈淑芬说她的小刀"嘿快"，其实远不够快，我切了半天才切开一点，还差点儿划到手指头。后来还是陈淑芬上手，费了好大劲儿才切了两厘米深的口。我把削尖的枝条插进去，不管三七二十一，用布条把它缠绕起来，缠了三圈，系紧，感觉很结实了，松了口气。

我捡了块石头放在那棵夹竹桃下面，作记号。陈淑芬觉得不够明显，她四下打量后，找到旁边一根电线杆，然后用脚丈量了一下，说离电线杆七步。嗯，这个好，比我的做法聪明。

书上说，嫁接的枝条，至少要一周的时间才能成活。我又反复看了看那个嫁接的地方，确认没问题，才离开。

我们两个大汗淋漓，我甚至感到有点儿头晕。那一刻我脑子里转的就一件事：一星期后，红色和白色的夹竹桃花开在一个枝头上。

那天晚上，我没能去看陈淑芬她老汉儿参加演出的《红灯记》，原因是妈妈不同意。她无论如何不允许我晚上十点才回家。我也没反抗，因为《红灯记》我已经看过好几遍了。

第二天陈淑芬兴奋地告诉我，演出很成功，老汉儿高兴坏了。老汉儿说等演出完了，要给她做一件新衣服。

后来的一天，我做了个奇怪的梦，梦见陈淑芬站在舞台上唱戏，可是光比画动作，没有声音。更奇怪的是，她剃了个光头。我问她，你的辫子呢？她说，我不想要辫子了。我怀疑地说，你不是陈淑芬吧？她笑眯眯地说，我就是。我说，那你唱一句让我听听。她转身就跑了。我去追，却怎么也迈不动步子，一着急，就醒了。

我觉得这梦很有意思，我竟然梦见一个光头的陈淑芬，她的长辫子不见了。我真想马上把这个梦讲给她听。

可是早上到学校，她却没来。我猜大概她连续演出太累了吧。我们那个时候不来上课就不来上课，很平常，所以我没太在意。但是下午她没来，第二天也没来，第三天还没来。

我跑去办公室问老师，老师说，陈淑芬吗，她妈妈刚刚让人带话来，说她受伤了，在人民医院。

我吓了一跳，原来出了这么大的事。

我和蓝蓝放学后就跑去医院看她。她果然躺在病床上，头上裹着白纱布。纱布很厚，从头顶一直缠绕到脖子上，一张脸被遮得只剩下巴掌那么大。

原来演出的第三天晚上，回家路上，他们被一辆板车撞了。那个板车拉的东西太多，下坡时控制不住，先撞倒了她老汉儿，她老汉儿又带倒了她，她的长辫子被搅进轮子里，拖拽了好一段。她的脑袋裂了一道口子，身上也是青一块紫一块的。

我和蓝蓝傻呆呆地站在床边。病房里有好几张床，病人和家属挤得满满的，很热。天花板上的电扇慢悠悠地转圈儿，扇出来的全是热风。蓝蓝问她，你不热吗？她说，不热。

我一句话也说不出。她的脸色很难看，嘴唇发白。我盯着她缠满白纱布的脑袋想，难道她真的成了光头？我想起自己做的梦，她光着头站在舞台上，好可怕，我居然提前梦见了坏事情。

陈淑芬见我不说话，反过来安慰我说，没有好大个事，再等几天拆线了，就可以回家了。我还是说不出话。她忽然说，对了，你要记着去看我们嫁接的夹竹桃哦。一个星期了哦。

可不是，差点儿忘了。我连忙说，我明天就去。

她说，肯定开花了。肯定好看得很。

第二天我早早就出了门，一个人跑到我们的"试验基地"去，满怀期待。真希望试验成功，看到白色的花和红色的花开在一个枝头上，像陈淑芬说的，好看得很。退一步想，就算没开出两种颜色的花，至少希望我们嫁接的枝条活了。这样我下次去看陈淑芬，就可以告诉她了。

可是，我怎么都找不到我们的"嫁接成果"了。

我记得我当时在树下放了块石头，可石头不见了。再按陈淑芬说的用电线杆定位，也没找到。我来来回回地走，一眼望去，所有的枝条都长得一模一样。我们当时是在白花夹竹桃上做的试验，但那一片白花夹竹桃依然白花花的，没有一星半点的红。我又钻进去扒拉开来，一根一根地看，就是找不到。

我失望至极，再也没去看陈淑芬。我不想告诉她坏消息，也不想骗她。

等我再见到陈淑芬时，已经是秋天了，又一个新学期来临了。

陈淑芬顶着一头寸发出现在我身边，像个男孩子。她不好意思地搔着脑袋，问，我是……是不是，很难看？

我安慰她说，没事儿的，头发很快就可以长长的。

她说，不，我再……再也不留辫子了，一……一辈子都不留了。

我吃惊地说，那你老汉儿怎么办？

她说，我老汉儿，走……走了。

她说这话时，依然笑眯眯的。我愕然。脑海里浮现出瞎眼老头拽着她辫子的画面，她的头朝后仰，像一根小小的拐杖。

我忽然想起那个我一直想问的问题，你的辫子卖了几块钱？

她摇头，说，没有卖，埋……埋了，和老汉儿一起。

哦。原来，她老汉儿把"拐杖"带到另一个世界去了。

陈淑芬真的说到做到，直到初中毕业，我们分开，她的头发都一直是短短的，比我的还要短。她还养成一个习惯性动作，就是随时甩一下头，好像在确定自己的脑袋是轻松的，没有拖累。

只是我很想知道，她后来嫁人的时候，有没有长发及腰。

（摘自《读者》2021 年第 6 期）

只要月亮还在天上

张 炜

人这一辈子需要不时地被犒赏，为了多些欢乐，就得好好过节。

我家没有比外祖母更懂这个道理的人了，所以她最重视节日，只要是节日就不肯放过，一定要把它过得像模像样。

好东西吃也吃不完。外祖母说："吃不完就是一年不挨饿，日子再苦，中秋节也要好好过。"她对这一天的重视，似乎超过了任何一天，到了晚上，大家都要高兴，都不能讲生气的话。

这天晚上不能提爸爸。

我一直忍住，尽管特别想念。我相信她们也是一样。如果提到爸爸，大家就没法高兴了。

他们那一伙工友要不停地凿山，再好的月亮也顾不得看一眼。可怜的爸爸。

一年中秋节，已经到了半夜，大月亮看着我们，还不打算离开。我们更舍不得离开这么好的月亮、这么好的夜晚。但不管怎样，最后还是要睡觉。我们躺在炕上，透过窗户看着月亮，一直到瞌睡上来。看着月亮想心事，想啊，想啊，就睡着了。

正睡着，梦到有人来敲我们的门，"咚咚、咚咚"，越敲越响。外祖母"呼"地一下坐起。

我终于听清了，这不是做梦，而是真的有人敲门。我和外祖母从炕上跳下来时，妈妈已经起来了，先一步打开了屋门。一个细高个儿进来了。我一眼认出是爸爸。

"啊，爸爸！"我跳起来，两脚还没有落地，他就把我接住了。

爸爸的头发上落满了月光，白灿灿的。我忍不住伸出手摸了一下，又用力搓了两下，那月光还是留在他的头发上。

爸爸来得太突然了，出乎所有人的意料，所以大家都高兴坏了，都惊住了。妈妈和外祖母过了三四分钟才醒过神，齐声问："你怎么回来了？"爸爸语气十分平静地回答："回家过节。"我看到妈妈脸上流下了两道泪水。外祖母没说什么，转身到黑暗里忙起了什么。

我心里一阵难过：我们如果早一点知道爸爸会赶回来多好。可怜的爸爸，没能和我们一起过节。太可惜了，今晚的事会让我们难过一辈子。

正这样想着，外祖母已经点亮了灯，走过来说："来，咱们重新过节。"妈妈一下醒悟过来，赶紧和外祖母一起忙活：大圆木桌被再次抬到院子里，一个个碟子、钵子全端出来了，特别是酒瓶和杯子，它们一样不少地全摆在了桌上。

现在已经过了半夜，月亮已经歪到西边。不过月色还是很亮，空中没有一丝云彩。一只小鸟在不远处叫了一声，有什么动物在附近的树上跳跃。

啊，我们要接着过节。

我会永远记住这个中秋之夜，记住爸爸讲的事情。

在我们这里，除了春节，就数中秋节最隆重了，一般出远门的人都要在这两个节日赶回来，与家人团聚。可是爸爸一年里只有两个假期，每次不超过三天。

他是一路跑回来的，只用了一天多一点的时间，就走完了两天的路程。他一路上叮嘱自己的只有一句话："只要月亮还在天上，就不算晚！"

外祖母背过身去。妈妈也在抹眼睛。我抬头看着天空：啊，月亮还在，爸爸真的追上了它。

（摘自《读者》2021 年第 14 期）

寻找陈延年

闫　晗

很多人是通过《觉醒年代》这部剧认识陈延年的。对于这位 29 岁牺牲于敌人屠刀之下的青年，人们从书中、从影像资料中、从祖国大地上寻找他的故事。

有人去龙华烈士陵园祭奠他，有人去安徽省合肥市为纪念他和弟弟陈乔年而命名的"延乔路"上献花，有人写关于他的故事……有网友说，陈延年写文章用过的笔名是"人"。微博上有关于他的"超话"，里面的成员十分活跃，当下的许多青少年爱他，怀念他，是因为他曾经那样热烈地爱着我们的国家和人民。

陈延年的父亲是陈独秀，他创办了《新青年》杂志，是中国共产党的创始人之一。陈独秀的标签过于鲜明，色彩过于浓烈，因此很多人并不知道他有陈延年、陈乔年这样优秀的儿子。

陈延年像一个革命的苦行僧，为自己立下了著名的"六不"原则——不照相，不脱离工农群众，不谈恋爱，不滥交高朋名人，不铺张浪费，不大饮大食。因为觉得父亲既要做革命者，又想要家庭，难以兼顾，所以陈延年不恋爱不成家。他很少照相，则是出于地下工作的需要。因此一些历史教材在提到著名的省港大罢工的领导人时，没有提到他的名字。

陈延年出身于书香门第，又曾留学法国，可他模样淳朴，据说皮肤黑而粗，很像一个普通工人，因为经常劳动，还跟工人们一起拉过黄包车，所以能和工人打成一片。若不是叛徒出卖，他被捕的时候，就不会有人知道他是党的干部。在狱中，他说自己是这家人雇的烧饭师傅，特务看他衣衫褴褛，皮肤黧黑，一开始竟相信了。

1927年7月5日，《申报》刊登了吴稚晖致淞沪警备司令杨虎的一封信，信中热烈祝贺杨虎杀害了陈延年："彼在中国之势力地位，恐与其父相埒，盖不出面于国民党之巨魁，尤属恶中之恶！上海彼党失之，必如失一长城。"

他在龙华的屠场就义时，宁死不跪，被乱刀砍死，牺牲得非常惨烈。敌人对他用尽酷刑，可他是一个硬骨头。后来，他的弟弟陈乔年、战友赵世炎，也都在龙华被杀害。

鲁迅先生在文章中写道："至于看桃花的名所，是龙华，也有屠场，我有好几个青年朋友就死在那里面，所以我是不去的。"

他们三人均长眠于龙华烈士陵园，常常有很多人去探望他们，给他们敬送鲜花和他们生前喜欢的食物，希望告诉他们，我们今天过上了幸福的生活。

有一位网友专程去龙华烈士陵园探望陈延年，一位大叔问："他是你的亲属吗？"这位网友想回答"是"，又有些犹豫，回去的路上十分后悔，觉得自己应该这样回答："对，他是我们所有中国人的亲属。"

（摘自《读者》2021 年第 16 期）

月色是最轻的音乐

傅　菲

　　月色或许是最轻的一种音乐，霜花一样轻，流水一样轻。乐声在山间起伏流淌，白晃晃，环绕。也或许是最重的一种音乐，铁一样乌黑发亮，沉在内心，会在多年之后长满锈迹。我曾听过这样的音乐，在一个冬日的窗前，但不是月色，而是碎雪。窗外是一棵枯芭蕉，我坐在一个人的身边。我们都没有点亮房间里的灯。我看着这个人，一直看着这个人。这个人也如此看着我。看着看着，我把这个人看进心里去，让他住了下来。我丝毫不怀疑，留下居住的人会永生。永生的人会出现在月下，踱步，低语。碎雪扑簌簌地响了起来，时轻时重，像不能磨灭的时间钟声。

　　而又有几人，听过月色之音呢？明月照耀所有的山冈，也照耀所有的窗棂。月光朗朗。沟渠里，瓦楞上，摇动的苦竹林，渐渐隐没的沙石路，月色一层层铺上来，寂静无声。

茶凉九次，月色厚了九层。我把一张纸折起来，用小刀裁成两半，再折成两半，再裁……折了多少个两半呢？记不清楚。纸成了无数个四方格的纸屑。每个纸屑里，都有一个或两个字。每个字都没有具体的指向，仅仅是字。这些字，在茶热时，按行排列在一张白纸上，带着温度和指纹。现在，它们泡在冷冷的茶汁里，碳素墨水般洇开，像一张看不清的脸。月色落在脸上，很快便凝固了。

把茶汁和泡烂的茶叶，倒在蓝雪花钵里。蓝雪花已经枯了，叶子落满了花钵。春天，蓝雪花又会抽苗散叶，在四月，一朵朵花扶摇招展。纸会烂在泥里，字会浮现在花瓣上，月色会结在蕊里。我将在日日清晨，为它浇适量的水，而后放在另一个半开的窗台。

月色越旷芜，也越盛大。桌上的诗集，我一直没有打开。檐下的风铃，一直在响，银铃般的响声。挂在廊下的衣服，一直在风中晃动摇摆。我微微闭上了眼睛，但我明显感觉到自己的眼睑在激烈地颤动。我抖抖身上的衣服，一粒月光也没抖落。我哼起即兴的曲子，不着调，那是孩童时的爬山调。

树叶开始泛起光亮。露水凝结了，一滴滴，圆滚滚。在明天太阳照耀之前，露水会重回大地，或蒸发到空气之中。秋露，是早逝之物。我摸摸头发和衣衫，也有了秋露。我又披了一件衣服，在深山，在异乡，薄衫已不适合穿在一个中年人身上。露水趋白，衣衫正单，月色渐寒，秋风似无，雁声恰浓，茶水薄凉，我该起身。月亮已西坠，很快会消失，像鲤鱼潜入水底一样。我站在空空的院子里，抬头仰望，瓦蓝的天色渐渐变成灰蓝，云朵在海水里漂白，如丝絮一般。我的脸上是一层厚厚的月光，冰凉的，像一座已成废墟的车站。

（摘自《读者》2021 年第 23 期）

密封罐子
袁哲生

他盘腿坐在客厅的榻榻米上，前方的桧木小方桌上有一碗蒸腾着热气的乌冬面，规规矩矩的一碗面，装在圆口的小铝锅和井字形的木格子里。木纹细密优雅的桌面上，还躺着一枝刚从院子里折下来的白色山茶花，素净的花瓣羞怯地依偎在一起，泛起丝绸般的光泽，仿佛一个沉睡的女婴。

他的镜片上泛起一片迷蒙。

他的手上握着一柄光洁利落的圆锹，回忆往事使他的手臂颤抖起来。

八年前，他和妻自同一所师专毕业。在毕业旅行的途中，他们来到这偏僻的山城，发现了这间当时已荒废的日式木造房子。他记得，无意中遇见这间房子时，妻的欣喜神情，就像一尾刚被钓者重新放回溪流里的小鱼，仓皇而幸福。

在山城的小学里教书，住木造房子，院子里有一株油绿的山茶花，清静度日，然后服务期满领一张奖状，退休，他觉得这样并无不妥。超乎预期的是，婚后仅一年，妻便把原本荒废的屋子打理得窗明几净、纤尘不染，而他也习惯了在晨起梳洗之后、去学校之前，坐在凭窗的大木桌旁临几个文徵明体的大字。他写得不多，有时一天只写两三个字。一阵清淡的花香自窗外经过时，他便放下毛笔，抬起头，好像在目送一位老邻居；等花香掠过，重新添加几笔，补完一个字。

妻说他的毛笔字写得极好，不应该放弃。他没有发表意见。他只觉得早起很好，于是便起得越来越早；至于写字，他倒不甚在意，临帖而已，日子久了自然像。在写字的时候，他有时可以看见，妻在准备早餐的当儿，会走到院子里的茶花树下，用手上的剪子在树枝上挑几下，再走进屋内。他知道，过一会儿，他的桌面上便会多一枝斜躺的白色山茶花。也正因如此，他从没有动过画画的念头。

妻喜欢花，所有的花。上班之前，他会把妻的脚踏车也推到门外的小路上，在那一排扶桑花旁独自抽完一支烟。妻顺手带上红色的小木门时，他便跨坐到车垫上，顺势往前一滑，说声"走了"，便向前骑去。他必须骑在前头，否则这一路上妻便会不停地回过头来，叫他注意路边新冒出来的小花：黄的、浅紫的、粉红的……到了晚上，他们大多吃热腾腾的乌冬面。两只圆鼓似的铝锅架在井字形的木框格里，白色的水煮蛋，白色的面条，还有小木桌上白色的山茶花瓣。他们没买电视机，因为早睡早起，看的机会不多。

妻是否也不想要孩子，他没有认真地问过，在学校里到处都是小孩子，他觉得好像什么都不缺。他没有什么太大的烦恼，在山上生活这些年以来，这一直是最令他担心的地方。

妻过世后，他独自生活了一年。这一年之中，母亲是唯一上山来看他的人。

"当初生个孩子就好了。"偶尔，在母亲下山离去之后，他在客厅里独自吃面的时候，耳畔会突然冒出这一句话来。惯常的晨起之后，独自坐在倚窗的书桌旁，他脑海里始终挥之不去的，则是他们第一次发现这幢木造房子时，妻脸上浮现的喜悦之情："好恐怖哦！"

在妻的语言中，这句话是极度高兴的意思。

半边月亮从茶树顶上探出头来，水洗过的光泽，像是面锅里冷去的蛋白。

确定了正确的位置后，他小心翼翼地从茶树下铲起第一把泥土，掘开的地方，细小的须根流出白色的汁液。

那个玻璃罐子还在更深的地方，他记得很清楚。

搬到山上的第三个元宵节夜晚，他和妻一起埋藏了这个西班牙手工制的玻璃密封罐子，地点是妻挑选的，在茶花树下。

那天晚上，就在他刚刷过牙准备就寝时，原本平静的屋外，突然传来一串小孩子的嬉闹声。正在院子里浇花的妻唤他出来看，原来是一群邻家的小孩正提着一只只灯笼，打他们的门口经过。那些小孩他全认得，正在尖声吵闹着的是还未上学的小阿珠，她的哥哥阿治独占了一把红色的小蜡烛，她正气恼牛奶罐里的火光快灭了呢！

"好好玩哦，好想提灯笼。"妻说。

他也找来两个空牛奶罐，用一根钉子在底部打了许多小圆洞，再用一根细铁丝串起两个简陋的灯笼；妻从厨房里搜出为台风天而准备的蜡烛，他用打火机在蜡烛底部烧了一下，把蜡烛粘在圆形的牛奶罐里。妻高兴地拍起手来。

等他和妻一人提了一只灯笼走到门外时，那群小孩早已经不见踪影。

"奇怪，刚刚还闹哄哄的，怎么一下子就静悄悄了。"妻望向树林那头，除了一盏昏黄的路灯，只剩下一片漆黑的夜色。

那天晚上，他陪着妻在山间的小路上提灯笼。他们像两只迷路的萤火虫，在黑夜里寻觅那群小孩子，直到点完了所有的蜡烛，都没有找到。

那个夜晚，妻表现出前所未有的固执。

那也是他们在山上的日子里唯一的一次失眠。

半夜，他们客厅里的灯还亮着。

"我们来玩一个游戏，好不好？"妻说。

"什么游戏？"

"就是各自写下一句最想告诉对方的话，然后装在一个玻璃罐子里，再把它埋在地底下，过二十年后才可以挖出来，看看对方写了什么。"

"无聊。"

"哪会无聊。"

他知道他拗不过妻。他取过妻预备好的纸片，走进书房。

虽然只要写出一句话，他却感到异常烦闷。"好了没？"妻在客厅那头不停地催促着。

"二十年后，妻必定早就忘记这件事了吧。"他在心里想着，便把空白的纸片卷起，再对折。妻已经投入了她的纸片，他故作神秘地对妻子笑了笑，投下他的。

院子里的茶花树下挖出了一个一尺多深的洞，他取出那个玻璃罐子，用手抹掉外边的一圈泥土。

月光下，他举起那个密封罐子，光线穿过玻璃。他看见罐子里只剩下一张纸片，还未打开盖子，他便已经猜到：剩下的必定是他当年投入的那张空白纸片。

他知道，在埋完罐子之后，妻必定曾经背着他挖出罐子，取出纸片来看。当妻发现他投入的只是一张空白纸片时，就把她自己的那张收走了。

妻的纸片上，究竟写了什么呢？

他打开罐子，取出那张空白的纸片，然后重新扣上罐盖，再把它埋回地底下。他笑了。

游戏结束了，或者说，刚刚开始就结束了。他想起那个不太遥远的元宵节深夜，在回家的路上，妻仍旧焦急地提着火光微弱的灯笼，想要寻找那一群邻家的小孩。当时，他走在妻的背后，看见她拖在身后的黑影在山路上孤单地颤抖着……现在回想起来，早在那个提灯的夜晚，妻便已经离他而去了。

（摘自《读者》2021 年第 5 期）

坚守阵地
一 条

2011 年，我 27 岁，作为《人民日报》的驻外记者，我开始了在中东的生活，一待就是 3 年。其间，我每天与自杀式炸弹、恐怖袭击擦身而过，记录了变幻莫测的政治局面和战火中的日常。

温 情

战争状态下，整个社会的运转是无效的，每天都会发生各种恶性事件，让人觉得非常煎熬。没有法律保护你，唯一能保护你的，就是你对人性的判断，以及他人的道德标准和行为底线。

因为没有安全感，人们的情绪变得不可控制。但日子还要继续，虽然草木皆兵，他们依然努力生活着。

　　我在利比亚时，接触过一个来自浙江的家庭。当时，整座城市只有他们还在做中餐、送外卖。我点了一份炒米线和红烧牛尾，没想到，送外卖时来了3个人——饭店老板娘带着两个十几岁的孩子。她说："我带着他们俩是怕出意外。你们也注意安全，如果要走，给我来个电话。"虽然只有短短一两分钟的交流，但在异乡见到同胞，还是很温暖的。

　　我还见证了一场特殊的婚礼，那是2012年，在叙利亚的大马士革老城。整座城市都空了，出门能不能活命全靠运气。每天射进城里的迫击炮弹少则十几枚，多则上百枚。

　　一天晚上，突然停电，我经过一个漆黑的巷子，发现里面人头攒动。我走进去才发现，这儿正在举行一场婚礼。

　　在场的宾客有近百人，大家穿着晚礼服在拥挤的餐桌间跳舞。新郎和新娘一周前被落在停车场的一枚迫击炮弹炸伤，身体还没有恢复，也拖着受伤的身体在跳舞。婚礼上播放着赞美叙利亚的歌曲，宾客在祝福新婚夫妇的同时，也祈祷叙利亚能在战争中挺过来。

　　以往，叙利亚人办婚礼都要去郊区，有上千人参加，不狂欢到凌晨三四点不会结束。今天这场婚礼算是"精简"版的，并且考虑到安全问题，必须在夜里12点左右结束。

　　在婚礼上，我跟一个叫卢比的姑娘聊天。她说她的未婚夫为躲避兵役出逃黎巴嫩了，但她坚持留守叙利亚。战争阴云下，生离死别前，每个人都有自己的选择。

　　在大马士革，我感觉"空袭"就像"下雨"一样，成为一种生活常态。人们在死亡的笼罩下，大概只有淡忘死亡才能找到一丝快乐。

撤　侨

大部分中国人对"撤侨"二字都很熟悉，只要国外有战乱冲突，我们国家一定会在第一时间安排撤侨。

2011 年，我在埃及。因为利比亚内乱，有大批民众从利比亚拥向埃及，其中就包括 3.6 万名中国人。我接到报道任务后，就坐车前往利比亚和埃及的边界。

车子沿着山路一路开去，不时能看到一辆辆车顶捆满被褥与行李的小皮卡经过，应该是逃难的难民。路边布满铁丝网，可以看到联合国各个机构的旗帜和成片的帐篷。惊魂未定的人们四处张望，还有人试图拦下我们的车。

中国大使馆的工作人员比我们更早抵达边境。他们在一个小旅馆里给中国公民办手续，那一批中国人大概有 300 人。这些人因为是劳务派遣，逃难时护照都不在身上。使馆人员与利比亚海关交涉，以确保他们能在这种情况下顺利通关。

中国的影响力在这时候体现出来了——中国公民没有受到任何阻拦，其他国家的难民，却无法获准入关。

中国租用的大巴停在边境上。凌晨 1 点，当工人们走出关口，看到中国国旗和车辆，很多人泣不成声。

25 辆大巴上，每个座位上都放着矿泉水和饼干。凌晨 2 点，撤出人员均已上车就位。大巴连夜驶向繁华的开罗。汽车开动时，所有人都不由自主地鼓起掌来。抵达开罗已经是第二天下午，人们被安排在金字塔下的一家五星级酒店。第三天，他们坐上了返回中国的包机。

一个多月后，当我再次驱车到口岸采访时，发现仍有 1.2 万人滞留边境。许多来自非洲的难民，除随身衣物和被褥外一无所有，他们用被子在地上打地铺，很多人已经在口岸等待了很多天。

有些人知道了我的记者身份后，开始向我诉说他们的经历。

一个原本在利比亚东部城市班加西做服装生意的男人，为了躲避战乱，一路向东来到埃及。他身无分文，完全依仗国际组织和埃及政府的救助，已经在口岸待了 25 天。

还有一大群发国难财的人，每天开车几次进出生死线运送人员，当然，费用也高得离谱。

现场提供医疗保障的医生告诉我，很多人舍不得吃医生生免费开的药，而是藏在身上等着换钱用。

我看着他们的遭遇，想到 3 万多名中国人已经与家人团聚，不由得感慨万千。

日　常

这 3 年的驻外经历，对我来说很宝贵。我的生活就是在按部就班和轰轰烈烈中不停切换。

日常是采访、写稿，找当地的朋友吃饭、聊天、逛街。

轰轰烈烈，自然是指经历炮火，睡觉也要保持警醒。

有一次，在的黎波里的酒店，凌晨 1 点左右，我被一阵接一阵的轰鸣声惊醒。落地窗在冲击波下，发出"咣咣"的声响。

我按照酒店的逃生路线图，爬到楼顶。我发现已经有记者戴着头盔、穿着防弹衣，架好机器等待拍摄下一次轰炸——这里每天对着城区的轰炸有二三十次。

　　回到房间，我用胶带把落地窗贴得像蜘蛛网一样，以防玻璃碎裂，飞溅伤人。我睡在床和墙夹缝的地毯上，以床作为屏障。

　　我还经历过一次抢劫。那是在利比亚，当时只有我一个人，一个男人走过来，把我的钱包和相机都抢走了。我快步冲上前去，想把东西抢回来。他停下来，示意我再敢过去就要掏手枪了。当时我满脑子都是这几天拍摄的照片，最后在僵持中，他用力将我推倒，大步流星地逃走了。这时我才意识到，我的腿抖个不停，连站起来的力气都没有了。后来，在路人的帮助下，我才回到酒店。

　　长期处于紧张状态，人的身体和精神会有些变化。比如睡眠会减少，精力异常旺盛，情绪波动大，容易大笑大哭。但这些都不重要。我认为，更好地完成报道，尽快向读者展示真相，才是最重要的。

　　坚守战地1200天，我对世界有了新的体悟。在战争中，我遇到过许多手无寸铁、命运飘摇的人，我想通过自己的报道，激发世人更多的悲悯之心，大家一同努力让世界远离战争。

（摘自《读者》2022 年第 10 月）

"驯服"炸药的人

田 亮

　　8年前，2013年1月，郑哲敏获得国家最高科学技术奖时，有记者问他："下一步有什么打算？"他开玩笑说："我已经做好随时走人的打算了。"如今，他真的走了。

　　2021年8月25日，中国科学院院士、中国工程院院士、国家最高科学技术奖获得者、中国科学院力学研究所研究员郑哲敏与世长辞，享年97岁。

　　郑哲敏是我国爆炸力学的奠基人。提起爆炸，人们往往想到它的威力和破坏性，郑哲敏却用简洁优雅的数学语言概括出爆炸的规律。钱学森欣喜地将这个新学科命名为"爆炸力学"，郑哲敏则被人们称为"驯服"炸药的人。

好好念书，学点本事

郑哲敏的父亲郑章斐出生在浙江宁波的农村，家境贫寒，读过一点书。15岁时，郑章斐去了上海，在一家钟表店里当学徒，边学手艺，边学会计和英语。4年后，郑章斐已是著名钟表品牌亨得利的合伙人，还成了家。之后，他携家人到山东，在济南、青岛开办了亨得利分号。

这名成功的商人不吸烟、不喝酒、不娶小老婆，结交的朋友也多是医生和大学教授。良好的家庭环境为郑哲敏与家中兄妹的成长打下了基础。

1924年10月2日，郑哲敏出生于济南。儿时的郑哲敏很调皮。1931年九一八事变后，济南的大街上有很多人游行，抗议日本侵略中国。看到这一幕后，郑哲敏也带着弟弟妹妹举着旗在自家院子里游行，还恶作剧地围着父亲钟表店里的一位师傅转圈，并把一盆水倒在了那位师傅的床上。父亲得知后大怒，用绳子把郑哲敏捆了起来——父亲是在告诉他：自家店里的工人不可以随便欺负。随后，父亲与他进行了一次长谈："商人是最被人看不起的，所以你长大了不要经商，要好好念书，学点本事。"望着新盖的很气派的门店，郑哲敏暗下决心："无论将来做什么，都要像父亲一样做到最好。"

1937年，郑章斐到了成都，在春熙路开了家钟表店。第二年春节过后，叔叔带着郑维敏、郑哲敏兄弟俩来到成都。尽管是大后方，日本的飞机仍不时来轰炸。有一次，老师问郑哲敏以后想干什么，他答："一个是当飞行员打日本人，一个是当工程师工业救国。"

师从钱伟长和钱学森

1943 年，郑哲敏以优异的成绩考入西南联大。之所以选择这所大学，是因为哥哥郑维敏前一年考上了这所大学。"他是我崇拜的人，他学什么我学什么。到了第二年，我哥哥说，咱们兄弟俩别学一样的。所以我就改专业了，从电机系改到了机械系。"郑哲敏说。

郑维敏后来也成为我国著名的科学家，是清华大学工业自动化专业和系统工程专业的创办者。

当年到昆明报到时，郑哲敏是坐着飞机去的，有这种经济实力的学生并不多见。可学校是另一番景象：校长梅贻琦和很多教授都穿得破破烂烂，学生们在茅草房里上课。但老师认真授课以及活跃自由的学术氛围，给郑哲敏留下了深刻印象。

抗战胜利后，1946 年，组成西南联大的北京大学、清华大学、南开大学迁回原址，郑哲敏所在的工学院回到北京清华园。这一年，钱伟长从美国归来，在清华大学教近代力学，郑哲敏成了他的第一批学生。"钱先生的课很吸引我们，他是我的启蒙老师。"郑哲敏说。在钱伟长的影响下，郑哲敏将研究方向转向了力学，毕业后还给钱伟长做起了助教。

1948 年，国际扶轮社向中国提供出国留学奖学金，全国只有一个名额，郑哲敏获得清华大学校长梅贻琦、教授钱伟长以及清华大学教务长、英语系主任、机械系主任等多人推荐。钱伟长在推荐信中写道："郑哲敏是几个班里我最好的学生之一。他不仅天资聪颖、思路开阔、富于创新，而且工作努力，尽职尽责。他已接受了工程科学领域的实际和理论训练。给他几年更高层次的深造，他将成为应用科学领域出色的科学工作者。"获得奖学金名额后，郑哲敏选择了美国加州理工学院，钱伟长也是从这所学校走出来的。

仅用一年时间，郑哲敏就获得了硕士学位，1952年，他又获得应用力学与数学博士学位，而导师正是长他13岁的钱学森。与他一同就读于加州理工学院的同学吴耀祖说，数学课上有比较难的题时，郑哲敏总被老师请上台讲解。吴耀祖开玩笑说："别人做不出来，郑哲敏总是能做出来，难道是因为他的名字中有'哲'有'敏'？"

在临近博士毕业时，郑哲敏第一次独立完成了一项科研。美国哥伦比亚河上有个水库，名叫罗斯福湖，湖两侧是高出水面100多米的高原。美国人想用水库的水浇灌高原上的土地，为此架起了12根直径近4米的水管，但建好后，水管震动非常强烈，根本不能运行。工程方找到加州理工学院的一位教授，听完情况介绍后，教授问身边的郑哲敏："你能不能看看这是怎么回事？"郑哲敏点头答应了。经过计算，他给出了解决办法——消除水管和水泵的共振。此后几十年，这些巨大的输水管持续正常运行。

获得博士学位后不久，郑哲敏陷入困顿。美国移民局不仅扣下他的护照，还以"非法居留"的罪名把他关起来。幸亏好友冯元桢（著名生物工程学家）花1000美元把他保释出来。

没有身份证明，又不能离境，郑哲敏只能在学校当临时工，生活很拮据。有人给郑哲敏支招，让他找水坝工程方再去要些钱，因为郑哲敏解决了这么大的问题，只得到区区400美元，但郑哲敏没那么做。"他就是一个做学问的，没有那么多花花肠子。"郑哲敏的学生、中科院力学所研究员丁雁生谈及导师的往事，感慨良多。

想为国家做点实实在在的事

1955年2月，郑哲敏回到百废待兴的祖国。"我离开美国的前一天晚上，钱先生（钱学森）请我到他家吃饭。钱先生说，现在中华人民共和国刚刚成立，我们研究的问题也不一定能马上用得着，国家需要什么我们就做什么。"8个月后，钱学森也回国了，并于第二年创建了中科院力学所，郑哲敏成为该所首批科研人员。

1960年秋天，中科院力学所篮球场上围了一群科研人员，一个小型爆炸实验正在进行。"砰"的一声，一块手掌大小的铁板被雷管炸成一个规整的小碗。郑哲敏在解释这个小碗的成形时说："在铁板上面放上雷管，雷管周围放好水，密封好，爆炸时水受到挤压，进而把铁板挤压成想要的形状。"钱学森兴奋地说："可不要小看这个碗，将来我们的卫星上天就靠它了。"就这样，一个新兴的专业诞生了，钱学森将其命名为"爆炸力学"，带头人就是郑哲敏。

20世纪60年代初，"两弹一星"的研制工作正在紧锣密鼓地进行着。由于加工工艺落后，很多形状特殊的火箭关键零件很难制造出来，郑哲敏的任务就是用爆炸成形的方法制作火箭零部件。"火箭上零件比较大，但是很薄。做这些最好的办法就是用水压机，但是我们国家当时没那条件，所以作为应急的一种东西，爆炸成形的办法是不错的。"

20世纪70年代初，珍宝岛事件后，为改变我国常规武器落后的状况，郑哲敏参加穿破甲机理研究。在兵科院的大力支持下，他提出用模拟弹打钢板的办法研究炮弹打装甲的规律，通过大量合作实验和分析计算，最终使弹药能在规定距离内打透相应厚度的装甲，也提高了我军装甲的抵抗能力。

爆炸虽然在军事上更多见，但郑哲敏也可以让它在民用工业领域发挥作用。许多设备需要焊接铜板和钢板，由于材质不同，焊接工人束手无策，他领导研究爆炸焊接，使不同材质的金属板成功黏合；针对煤矿瓦斯突出事故，他从力学角度分析资料，组织实验和井下观察，为判断煤矿瓦斯突出危险性提供基础理论；他还用爆炸方法解决了海底淤泥问题，爆炸处理水下软基技术获得国家科技进步二等奖。对此，郑哲敏说："我就是想为国家做点实实在在的事。"

不过，据郑哲敏介绍，爆炸力学在很多领域都是过渡性学科，现在我国有大型水压机了，爆炸成形技术也就被替代了。但他也没闲着，又转到了新的研究领域——天然气水合物，即可燃冰。

多年前，郑哲敏曾对他的学生们说："不能给工业部门打小工。"对此，他的学生、中科院院士白以龙是这样理解的："科学院的工作要走在国家需要的前边。等到工业部门可以自己处理问题时，科学院必须已经往前走了，而不是跟他们抢饭碗、抢成果。"

在郑哲敏看来，他的责任远不止解决这些科学问题，他在一篇文章里写道："科学的繁荣孕育于自由交流和碰撞之中。"为了加强中国力学界与国外学界的交流，1988年，郑哲敏开始为申办在国际上极具影响力的世界力学大会奔波。2008年，84岁的他带着氧气瓶登上飞机，继续为这一目标努力。2012年，4年一度的世界力学大会在北京举办，郑哲敏已经为此奔波了24年。

最后的时光

就在8年前"做好随时走人的打算"时，89岁的郑哲敏还说道："我已是风烛残年，但还是想做一些自己愿意做的事情。"那就是继续搞科研。

这位慈祥平和的老人，在学生眼里是严厉的。他的学生、中科院力学所研究员李世海说："有时候我参加社会活动多，他就会严肃地批评我，告诫我要潜心研究。"

对此，郑哲敏的解释是："现在年轻人压力大，不能沉下心想远一点的事。搞科研很苦、很枯燥，要耐得住寂寞。科研人员不能老想着发财的事，但只要给他们一个体面的生活，他们一定会好好干。不要刺激他们，用各种名利吊他们的胃口。现在很多科学家天天算的就是工资多少、绩效多少，每天操这些心，像无头苍蝇一样，这就不可能想大事、想长远的事。"

2019年，郑哲敏的身体状况每况愈下，常常进出医院。即使后来长期住院了，他也常叫人来汇报工作。2020年10月2日，是郑哲敏的生日。在一个微信群里，他的同事们纷纷留言表达祝福。其实郑哲敏并不在群里，但大家就当他在。

学生李和娣把群里大家的祝福转发给郑哲敏。郑哲敏趁医护人员不注意，偷偷给李和娣回了个电话，向大家表达感谢，结果被护士发现，受到了批评。为他的健康着想，医生严格限制他使用手机。但过了一阵儿，他又偷偷给李和娣发了一条微信："谢谢！"这也是他给李和娣发的最后一条微信。

木 耳

阿勒泰李娟

　　阿勒泰连绵起伏的群山背阴面有成片浩荡的森林，那里安静、绝美，携着秘密。木耳一排排半透明地立在伏倒的树木上，它们是森林里最神秘、最敏感的耳朵，总会比你先听到什么，更多地知道些什么，却不为你所了解。

　　那时候，知道这山里有木耳的，还只是很少的几个人，他们把木耳采回家也只是自己尝尝鲜而已。

　　我妈却想靠它发财。我妈一心想找到野生的木耳。她爬山峰、下深谷，出去得一天比一天早，回来得一天比一天晚。每天回来，头发乱糟糟的，疲惫与失望折磨着她。终于有一天，她从森林里回来，拿着一根小树枝。树枝的梢头结着指头大的一小团褐色的、嫩嫩软软的小东西，像一个混混沌沌、灵智未开的小精灵。那就是木耳。

　　从我妈找回第一朵木耳开始，生活中开始有了飞翔与畅游的内容，也有了无数次的坠落和窒息。

　　当晾干的木耳攒够六公斤（平均九公斤湿木耳才能出一公斤干货）时，我们把它们仔细地包装好。我妈提着装有木耳的箱子，搭上一辆运木头的卡车去了山下。那天半夜时分我妈才回来，她兴奋地告诉我们，在山下小镇，一个干部模样的人想买木耳作为礼品，他把六公斤木耳全买了，八十块钱一公斤！这远远比我们靠小店做生意赚得多，我妈高兴得直想飞回来。

　　那个夏天真是漫长，我不知道究竟弄了多少木耳。每次我妈下山，想要木耳的人便闻讯而至，简直跟抢一样。我们就顺势把木耳价格涨到了一百块钱一公斤。

　　渐渐地，另一些人也开始采木耳、卖木耳了。采木耳的队伍悄然扩大，采过木耳的痕迹满山遍野都是。木耳的生长速度极快，尤其在下过雨后，但采木耳的人一多，它的生长就赶不上采摘的速度了。木耳明显地少了，于是除了采木耳，人们又挖党参，挖虫草。只要是能卖钱的都挖，山脚下、森林边一片狼藉。秋天下山时，木耳已卖到一百八十块钱一公斤。刚入冬，又涨到两百块整。

　　这时，木耳的用处已不是用来吃了，而是作为礼品和一种时髦的、用来消遣的东西，被用来进行秘密的交易，最终流传到一个本来与木耳没有任何关系的地方。

　　又一年春天来临，木耳的世界疯狂到了极限。远在宁夏、甘肃的人也涌来了，山下的人爆满，到处都是。他们带着破旧的行李，露宿在河边那片废墟里。还来了铁匠，专门给大家打制挖野货时用的工具，炉火熊熊，贪婪地吞噬着早春的空气。进山的那两天，所有人背着铺盖行李，提着面粉粮油，扛着铁锹木铲，成群结队，浩浩荡荡向北走，进山、进山，对木耳狂热的渴望照亮了他们暗黑而疲惫的脸……来订购木耳的人已把价格出到了五百块钱一公斤。

我们真有点怕了，我对我妈说："今年我们还去弄吗？"

她也怕了，但她想了又想说："不弄的话怎么办呢，你看我一天天老了，我们怎么生活……"

那么我们过去又是怎么生活的呢？那些没有木耳的日子，没有希望又胜似有无穷希望的日子，那些简单的、平和喜悦的日子，难道不是生活吗？我们几乎要忘了，忘了森林里除木耳之外的那些更多、更广阔、更令人惊喜的一切……

就在那一年，像几年前突然出现一样，木耳突然消失了，仿佛从来就没有出现过一样地没有了……森林里曾有过木耳的地方都似梦一样空着，真的什么也找不到了……大风吹过山谷，森林发出巨大的轰鸣。天空的蓝是空空的蓝，大地的绿是空空的绿。木耳没有了，森林里每一棵伏倒的树再也不必承受什么，它们倒在森林里，又像是漂浮在森林里。我觉得，那一年每一个人都在哭。

木耳再也没有了……其实，我们对木耳的了解是多么不够啊！

那一天我一个人进山，走了很远，看到前面有人。那是我妈，她还在找。远远地我就看到她的附近有一朵木耳，整个世界最后的一朵，静静地生长着，但她没有发现。我站在那里，久久看着她，直到看着她失望地离去。

（摘自《读者》2019 年第 10 期）

血战长津湖

许 晶

1950年11月1日，北方深秋的空气中已透出丝丝寒意，此时，第9兵团27军的指战员乘着夜色登上了军列。

直到此时，战士们方才得知，这次紧急行动，不是南下，而是北上。11月1日当天，行进途中的中国人民解放军第9兵团番号改为中国人民志愿军第9兵团。

志愿军第一次战役结束后，西线美军被迫后撤，但东线美军仍继续向北推进。

为改变东线战场态势，第9兵团陆续前往战区，以在东线寻机逐个歼灭韩军"首都师"、第3师、美陆战第1师和步兵第7师为目标。

组建于1941年的美陆战第1师，在太平洋战争中经历过炼狱般的夺岛血战，齐装满员2.5万人，堪称王牌中的王牌。

11月24日，美陆战第1师全部进入长津湖地区。战至11月28日清晨，志愿军第9兵团已完成对长津湖地区美军的分割包围。

11月29日上午，被围于下碣隅里的美军向南突围。坚守在下碣隅里1071.1高地东南小高岭的，是第20军58师172团3连连长杨根思带领的3排。

战斗一开始，美军就疯狂地向3排阵地发起猛攻，白雪皑皑的山头被打成一片焦土。美军罕见地连续发起了8次冲锋，都被3排打了下去。

阵地上只剩下连长杨根思和两名伤员，所有的弹药已经打光。生死时刻，杨根思命令两名伤员带着重机枪撤离阵地。

孤身一人的杨根思面对美军的第9次进攻，临危不惧，沉着应对。他抱起最后一个炸药包，拉着导火索冲向敌群，与敌人同归于尽。杨根思牺牲时，年仅28岁。

1950年11月30日，第27军5个团对被困于新兴里的美步兵第7师部队发起总攻。

当时，27军80师239团4连被安排的任务是连夜穿插，直插到美军31团团部。第239团2营直捣黄龙，冲进敌人的指挥所。

更为传奇的是，战前，营部炊事班班长交代的一项特殊任务，竟让志愿军获得了一件意想不到的战利品。

战前，营部的炊事班班长给3营的一个通信班班长交代了一项任务，说"打仗的时候，找一块布，我好蒸馒头"。战斗结束以后，这个通信班班长就到处找布。最后，他发现一块质量还不错的布，就拿了回来。有人发现并报告了领导，领导出去一看，说这可千万不要乱动，这是美国"北极熊团"标志性的一面旗子。

接下来，"北极熊团"团部被端，新兴里美军全面崩溃。战至12月2

日凌晨，"北极熊团"美步兵第7师31团覆没。

这一战，创造了志愿军在整个抗美援朝战争中唯一一次全歼团建制美军的战例。从此，在美军的序列中就没有"北极熊团"了。

新兴里的美军被歼，东线美第10军全线动摇。美第10军军长阿尔蒙德命令所有部队向咸兴、兴南地区实行总撤退。

为免于全军覆没，美陆战第1师师长史密斯不断呼叫航空兵进行空中支援，连停泊在附近海面上的航空母舰舰载机也全部出动，掩护美陆战第1师撤退。

美陆战第1师从来没打过败仗，在朝鲜战场东线，有人说这是他们第一次用到"撤退"这样的表述，可见对他们的心理影响非常大。

水门桥，位于古土里以南6公里处，桥下是悬崖峭壁、万丈深渊，这里是美陆战第1师南撤的必经之路。

这一天，长津湖的气温骤降至零下38摄氏度，志愿军第20军58师172团部队担负在水门桥边的高地上阻击美军的任务。

当美陆战第1师先头部队侦察至此时，眼前的一幕让他们惊呆了。许多志愿军战士呈战斗队形散开，卧倒在雪地里，人人都是手执武器的姿态，怒目注视前方，没有一个人向后，冻僵在雪地上。

当后续部队前去打扫战场的时候，他们从一位叫宋阿毛的烈士上衣口袋里找到一张卡片，上面写道："我爱亲人和祖国，更爱我的荣誉，我是一名光荣的志愿军战士，冰雪啊，我决不屈服于你，哪怕是冻死，我也要高傲地耸立在我的阵地上。"

就这样，在极端恶劣的自然环境下，志愿军100多人的连队，与阵地永恒地坚守在一起。

美陆战第1师突围南撤，一路丢盔弃甲，损失过半。美第10军一路跌跌撞撞，乘船从海上撤离。

抗美援朝战争第二次战役，从 11 月 6 日到 12 月 24 日，连续作战 49 天，志愿军以减员 3.07 万余人的代价歼敌 3.6 万余人，其中美军 2.4 万余人，挫败了"联合国军"在圣诞节前结束朝鲜战争的"总攻势"。

志愿军第 9 兵团在东线严寒中的殊死决战，将"联合国军"从鸭绿江边打回到三八线，从根本上扭转了朝鲜战局。

青山处处埋忠骨，何须马革裹尸还。在异国他乡的土地上，在距离长津湖战场遗址不远处的烈士陵园中，安葬着 9867 名中国人民志愿军烈士。为了抗美援朝保家卫国，他们将自己年轻的生命永远定格在 1950 年的冬天。

英雄不朽，人民永记！

（摘自《读者》2020 年第 23 期）

白雪少年

林清玄

小学时使用的一本国语字典，被母亲细心地保存了十几年，最近才从母亲的红木书柜里找到。那本字典被小时候粗心的手指扯掉了许多页，大概是拿去折纸船或纸飞机了，现在怎么回想都记不起来。那样的残缺，更使我感觉到一种任性的温暖。

更令人惊奇的发现是，在翻阅这本字典时，我找到一张已经变了颜色的"白雪公主泡泡糖"的包装纸。那是一张长条形的鲜黄色纸，上面用细线印了一个白雪公主的面相，于今看起来，白雪公主的图样已经有一点粗糙简陋了。至于为何会将白雪公主泡泡糖的包装纸夹在字典里，更是无从回忆。

到底是在上国语课时偷偷吃泡泡糖夹进去的，是夜晚在家里温书时吃泡泡糖夹进去的，还是有意保存了这张包装纸呢？翻遍国语字典也找不到答案。记忆仿佛自时空遁去，渺无痕迹。唯一记得的倒是那一种旧时乡间十分流行的泡泡糖，粉红色，长方形，十分粗大的一块，一块要五毛钱。对于长在乡间的小孩子来说，那时的五毛钱是两天的零用钱，常常要咬紧牙关才买来一块泡泡糖，一嚼就是一整天。

长大以后，我再也没有在店里看到过白雪公主泡泡糖，能看到的都是细致而包装精美的一片一片的"口香糖"；每一片都能嚼成形，每一片都能吹出泡泡，反而没有像幼年时那样能体会到买泡泡糖靠运气的心情。偶尔看到口香糖，还会想起童年，想起嚼"白雪公主"的滋味，但也总是一闪而过，了无踪迹。

母亲珍藏十几年的那本国语字典，薄薄的，里面缺页的缺页、涂抹的涂抹，对我已经毫无用处，只剩下纪念的价值。那一张泡泡糖的包装纸，整整齐齐，毫无毁损，却珍藏了一段十分快乐的记忆，使我想起如白雪一样无瑕的少年岁月，因为它那样白，那样纯净，仿佛几乎所有的事物都可以涵容。

有一回我重读小学时看过的《少年维特的烦恼》，书里就曾夹着用歪扭字体写成的纸片，只有七个字："多么可怜的维特！"其实当时我哪里知道歌德，只是那七个字，让我童年伏案的身影显露出来，那身影可能和维特一样是纯情的。

有时候我不免后悔童年留下的资料太少，常想：早知道，我就不会把所有的笔记簿都卖给收破烂的老人。可是如果早知道，我就不是纯净如白雪的少年，而是一个多虑的少年了。

这样想时，我就特别感谢母亲。因为在我无知的岁月里，她比我更珍视我所拥有过的童年。

对于那时的我，只有父母有记忆，于我则已茫然，就像我虽拥有白雪公主泡泡糖的包装纸，那块糖却已完全消失，只留下一点儿甜意——那甜意竟也有赖母爱的保存。

（摘自《读者》2020 年第 22 期）

这个民族的中医

张曼菱

我是感恩中医的，中医曾救活弱小无助的我。我和家人都不知道那位郎中的姓名，但那一块"妙手回春"的匾额，今生是挂在我的心里了。

我父母自由恋爱结合，喜得爱女，然不到一岁，婴儿患上急症，民间叫"抽风"。小人儿痛苦地抽搐，口吐白沫，病情危重。父母都是"新派"人物，立即抱着我送往法国人在昆明开办的甘美医院。而濒临死亡的我，被甘美医院宣判"无望"，放弃救治。

父亲请匠人来家，为我量身定做小棺材，以尽对这个小生命最后的爱。

家里"叮咣"响着木匠作业的声音，里屋躺着奄奄一息的我。忽然门外传来摇铃声："谁家小儿惊风，我有祖传秘方……"这一刻，恰似《红楼梦》中的场景。奶奶急奔出门，拦住了那个游方郎中。

我曾多少次想象当时的情形：一个衣着寒酸、面目沧桑的江湖郎中走到翠湖边的黄公东街富滇银行宿舍，在一幢气派的法式洋楼前，挺有底气地"喊了一嗓子"，而后拘谨地走进我家，到小床前看这垂危婴儿。他从行囊中取出四粒黑色的大药丸，吩咐每粒分成四份，以温开水服下。

奶奶喂我，父母任之，不存希望。撬开小嘴，第一份咽下，我停止了抽搐。母亲说，当时还以为"完了"，仔细一看，是平静了。按时辰，将第二份服下，我睁开了眼睛，骨碌骨碌四处看。四粒药丸没有吃完，我已经能辨认亲人了。父亲拎起小棺材出门，送到一家医院的儿科，捐了。

在那个年代，凡是有点知识和家底的人，都以去西医医院为上策。而我，用命试出了中医的真伪。

"五四"以来，中国社会存在某些偏激，在对待自己传统医学的态度上表现得尤为突出。我们视为至尊的几位先驱，胡适、鲁迅，都排斥中医。究其原因，有因个人的经历而怀有厌恨的，也有因改革"旧文化"的意愿太迫切所致。中医显然是被误伤了。

不知何时，游方的郎中没有了，"祖传秘方"变成笑料。在现代史上，中医身影飘零。在教科书里，大概只有《扁鹊见蔡桓公》与中医有关，但人们的关注点多在"为政"，而非"医理"。

我插队的德宏，是历史上有名的"瘴疠之地"。《三国演义》诸葛亮"七擒孟获"就吃过"瘴疠之气"的大亏。直到从金鸡纳树上提取汁液制成奎宁，疟疾才得到控制。我这个知青曾是寨子的"抗疟员"，每天收工后把药片送到傣家饭桌上。

在那首《祝酒歌》还没有唱响全国时，我参加下乡医疗队到滇南石屏县，趁机学习中医：上山采药，回来晾晒、焙治，管理药房。我对"脉象"把握精准，得到队里中医的赏识。"洪脉""滑脉""弦脉"都与文学中的意象相通，所以学中医是必须学好中文的。"把脉"是中医非常重要的一手，有些病人是说不准病情的。我把脉时还发现了两位孕妇，农村妇女羞于说出实情，若不调整处方，很容易导致流产。

在中医和道家的观念里，人从来不会高过自然，人要配合、服从自然。例如四季的饮食与作息，春天发动、冬天收藏，讲的是气，也是万物的规律。这些思想不断深化，影响着我的人生。

2000年春，我到北京采访李政道先生。我带去一盒云南的天麻、三七药材。有人告诫我："人家留洋多年的学者，不会要你这带土的没有消毒的东西。"李政道的同窗沈克琦先生却说："李先生信这个。他这次来，就是特意到北京中医医院去看病的。"果然，李政道很高兴地收下了。

我到"金三角"拜访远征军眷村时，看到东南亚人民和华人依然崇奉中医，将来自中国的中成药视为至宝。在泰国最有名的大学里，开设有中医课程。然而在我们这里，中医院校总有种入"另册"的感觉。云南是中草药王国，我曾到云南中医学院讲学，院长告诉我，他们招收的多为贫苦学生、农民子弟，且多数是女生。

其实，无论什么社会阶层，中国人早将中药视为家常必备之物。谁家的抽屉里不收着几盒廉价的中成药呢，藿香正气丸、通宣理肺丸，更有速效救心丸，可谓功德无量。因为朴素，因为可靠，反而被轻视。

在城市中，似乎有一种"势利"的思维，仿佛只有底层百姓才会去看中医吃中药，中医退缩到偏僻的角落里，艰难地生存。其实，许多患者在接到西医的无情"宣判"后，总会返回民间，到陋巷和山里去寻求中医的救治。而中医，从来没有因无望的诊断而抛弃病人——即使对最不可能有疗效的病人，中医也会让他服用调理与安慰的药剂，以示"不放弃"。从这一点来看，中医"悬壶济世"的信仰是非常高尚的，因为它是因人创立、为人所用的医学，可陪伴人的生死。

中医与这个民族是休戚与共的。在那些著名中医的传记里，总有这样的故事：当无名瘟疫暴发，中医临危受命——这个"受命"，不一定来自皇帝或是官家，更多的是他们内心的召唤。他们挑起药担，带着弟子，深入疫区。在那些村镇，他们立灶架锅，熬药施救。民众们端碗喝药，医者观其效果，不断改进配方，由此留下很多因时因地配制的不同药方。所谓"逆行"，是中医的世代担当。

自"神农尝百草"到我们那些历历可数的家珍——《黄帝内经》《伤寒论》《本草纲目》等，中医历千年护佑着这个民族。世界许多地方，瘟疫与逃亡让一座座曾经高度发达的城市，渐渐被荒漠湮没，华夏大地上却没有因为瘟疫而被废弃的地方。

就在前几日，世界卫生组织在新闻发布会中谈道："80%的新冠肺炎患者是轻度症状，能够自愈或治愈，并不会发展为重症。"轻症患者的"自愈"和"治愈"，实际上就是中医所说的"排毒"过程。如果没有中医的介入，"自愈"对于很多基础体质不好的人来说，是很难实现的——病毒损坏了人的生理机能，让生命非常脆弱。中西医务工作者以人为本，联合对抗疫情，才能构成"自愈"的安全轨道。

"正气存内，邪不可干"，这句话本是中医的医理，也可成为疫情中的我们自强不息、正气凛然的座右铭。

（摘自《读者》2020 年第 10 期）

骨中的钙

潘向黎

有一次接受采访，被问及："在你心目中，鲁迅是什么？"我答："鲁迅先生是水中的盐，骨中的钙，云中的光。"

这个评价，若是放在唐朝，诗人中有人配得上吗？我觉得有，刘禹锡。

刘禹锡和柳宗元并称"刘柳"，他们就是"永贞革新"的骨干"八司马"中的两位，也因此同时、同步地被打压，反复而长期地被贬谪。刘禹锡先被贬为朗州司马，后调为连州、夔州、和州刺史。

和柳宗元的愁苦抑郁、内敛隐忍不同，刘禹锡性格爽朗倔强，不平则鸣，敢怒敢言，从不低头，从不绝望。他似乎具有从逆境中获得反作用力般的能量——被打压得越厉害，脊梁挺得越直；环境越黑暗，内心的光焰越亮。这样一个人，令人惊，令人叹，令人敬。

强者首先是一个正常人，逆境中当然会有愁绪。他在回答柳宗元的诗中写道："归目并随回雁尽，愁肠正遇断猿时。"(《再授连州至衡阳酬柳柳州赠别》)当然更会有对那些居心险恶的宵小之辈的愤恨："长恨人心不如水，等闲平地起波澜。"(《竹枝词九首之七》)但是仅仅如此，他就不是刘禹锡了。

刘禹锡更强大，更宽阔，更坚韧。对于政敌，他更多的是轻蔑、讥讽和嘲笑。被贬十年之后第一次被召回长安时，他毫不隐晦对敌人的鄙视和讥讽："紫陌红尘拂面来，无人不道看花回。玄都观里桃千树，尽是刘郎去后栽。"(《元和十年自朗州至京戏赠看花诸君子》)——满朝风光的新贵，不过是在把我排挤出去后才小人得志罢了。此诗一出，他和伙伴们立即遭到打击报复，再次遭贬。刘禹锡一贬就是十四年，其间经历了四朝皇帝，才被再次召回。

到这里，我耳边不禁响起《红楼梦》中宝玉挨打后黛玉含泪说的那句话："你从此可都改了罢！"黛玉这么说，其实是很纠结的，她自己也不知道究竟希望听到哪一种回答：不改吧，不知道还要吃多大苦头；改吧，委屈了人不说，高贵的性情渐渐泯于众人，又是何等悲哀！刘禹锡如果为了保全自己，就此"改了"也很正常，不过，他的读者心底又难免不希望他如此"明智"。

刘禹锡用行动做了回答。十四年后，这个硬骨头活着回来了。一回来，马上又去了惹祸的玄都观。去就去了，还写诗吗？写！就是《再游玄都观》。这回他懂得含蓄，不惹是生非了？怎么可能！他不但在诗前加了小序，原原本本记述了因诗惹祸的经过，而且嬉笑怒骂得更加从容："百亩庭中半是苔，桃花净尽菜花开。种桃道士归何处？前度刘郎今又来。"——过去权倾一时的那些当权者，你们现在在哪里呢？曾被你们迫害的刘禹锡又回来了。这首诗，一点都不咬牙切齿，这是真正的胜利者唇边的笑容，那般自信，那般高傲，举重若轻，漫不经心，因此特别耀眼。这样以生命和性情铸就、人格熠熠生辉的诗，怎能不被千古传诵？

然而这种高傲的代价是惊人的。他的贬谪生涯，竟长达二十三年。白居易也为他鸣不平："为我引杯添酒饮，与君把箸击盘歌。诗称国手徒为尔，命压人头不奈何。举眼风光长寂寞，满朝官职独蹉跎。亦知合被才名折，二十三年折太多。"(《醉赠刘二十八使君》)最后两句是说：也知道官运会被诗名、才气折损，但二十三年也实在折得太多了！对刘禹锡过人才华的极度赞美和未能施展抱负、受尽挫折的无限同情，尽在其中。

这样的理解和同情是让人温暖而伤感的，哪怕是对一个斗士。但是刘禹锡的襟怀是宽广的，他以一首千古绝唱来回答："巴山楚水凄凉地，二十三年弃置身。怀旧空吟闻笛赋，到乡翻似烂柯人。沉舟侧畔千帆过，病树前头万木春。今日听君歌一曲，暂凭杯酒长精神。"(《酬乐天扬州初逢席上见赠》)都说此诗乐观，这里面其实是牢骚。一开头就提到了自己被弃置的时间：二十三年。在这漫长的年月里，诗人怀念一起受苦的朋友们，也只能枉自吟诵向秀听见笛声而怀念故友所写的《思旧赋》，回到家乡已经像那个入山砍柴遇仙人下棋，一局未终而斧柄已烂，回到家里才晓得已过百年的古人，俨然成了一个隔世的人。我和同道们像沉船一样，眼看着千帆竞发从身边过去，萧索的病树前头千木万树正在争春……"沉舟侧畔千帆过，病树前头万木春"是千古名句，但是对它的理解却见仁见智。就我所见，至少有三种解释。大致概括如下：一说，虽然自己无所作为，但是仍充满希望，因为新旧更替，社会总在前进。二说，"沉舟""病树"指自己，"千帆""万木"指自己的战友，是感叹自己蹉跎之余对同道奋进表示欣慰，有勉励和自勉之意。三说，"沉舟""病树"包括了自己和战友们，"千帆""万木"指满朝新贵，诗句包含无限愤慨和嬉笑怒骂，只不过很含蓄。

根据诗人生平和当时局势，我倾向于相信：这是大牢骚，是嬉笑怒骂。只不过，两句完全诉诸形象，生动如画，画面本身充满生机，似乎蕴含一种哲理，所以常被后人有意无意"曲解"成"在困境中总有希望""新事物必定战胜旧事物"等意。我想，如果诗人本是发牢骚，但是后人"拿来"自勉、勉人，有何不可？如果生性开朗豁达的刘禹锡知道了，也只会开怀大笑。

最后诗人说：今天听了你为我而歌的一曲，我们共饮几杯，忘却忧愁，还要好好振奋精神呢！将白居易的无奈、郁闷变为豁达、明快，到这时，对世事的变迁、人生的得失，他都已经看开，道义和品格的胜利击退了现实中的挫折和苦难。

他不再是"彩云易散琉璃脆"，而是在云般高洁、琉璃般剔透的同时，长出了硬骨头，经风雨，抗击打。这样的强者，给诗人的称号、给民族的人文骨骼添加了硬度。

（摘自《读者》2020 年第 8 期）

这首歌唱遍了祖国大地

瞿　琮

《我爱你，中国》的歌词发表于 1979 年的国庆节前，这天，电影《海外赤子》在全国公映。我在为歌曲《我爱你，中国》作词的时候，正担任广州军区政治部战士歌舞团创作员，而这首歌的作曲者为郑秋枫，时任广州军区政治部战士歌舞团创编室主任，这首歌的首唱者为中央音乐学院的叶佩英教授。

《我爱你，中国》的歌词最早构思于 1972 年。小的时候，我从父亲瞿道宗（著名水利专家）那里，学会了一首英文歌——《美丽的美国》。20世纪 50 年代，大姐瞿玲教我唱苏联歌曲《祖国进行曲》。后来，由于专门从事文学创作，我有机会读了《我的法兰西》《我爱秘鲁》及《爱老挝》等诗歌。我告诉自己：一定要写一首歌颂中国的歌。

1976 年前后，我完成了《我爱你，中国》的初稿。年轻时的我非常勤奋，每天都写一首诗或一首词，写好后就压在一沓稿纸之下，等待发表。终于等来了机会。1978年早春，我读了电影文学剧本《海外赤子》。此前，我的夫人彭素被派去广西的文化系统担任军代表，认识了一位从北京电影学院毕业后分配到广西电影制片厂的编剧——胡冰。那年，我的作品《颂歌献给毛主席》和《颂歌一曲唱韶山》被《战地新歌》刊载，全国传唱。胡冰写了一个电影文学剧本——《海外赤子》，定位为和《音乐之声》类似的音乐故事片。胡冰通过我的夫人彭素找到我。于是，我有机会为电影写了10首歌曲：《月光摇篮曲》《我的根啊，在中国》《祖国之恋》《思乡曲》《高飞的海燕》《我爱你，中国》《生活是这样美好》《为什么山林这样寂静》《啊，春来了》《飞向明天》。另外9首都是根据剧情创作的，只有《我爱你，中国》一首是为剧中人（陈冲饰演的黄思华）选取的自己的成品。后来，电影采用了其中的8首歌词，这些歌面世后都广为传唱。

《我爱你，中国》在送审的过程中，还有一点小波折。珠江电影制片厂的一位制片人提出"我爱你，中国"的表述不妥："中国"是第三人称，难道你不是中国人吗？应该是"我爱你，祖国"。又有一位摄影师提出，由于镜头的需要，希望将歌词的第一段和第二段对调。我权衡利弊，做了妥协：歌词的第一段，先唱写意的"春天蓬勃的秧苗"和"秋日金黄的硕果"，以及"青松气质"和"红梅品格"；歌词的第二段再唱写实的"碧波滚滚的南海"和"白雪飘飘的北国"，以及"森林无边"和"群山巍峨"。我以为，两段文字调换，虽不符合先实后虚的文法，却也无伤大雅。对于歌名，我坚持不改，我就是要喊一声祖国母亲的名字：中国！

影片上映后，歌词《我爱你，中国》再未改动一字，至今已传唱了40年。我记得《海外赤子》整部电影的作词费是80元，我写了10首歌词，采用了 8 首，平均下来，每首的稿酬是 10 元钱。显而易见，对我来说，精神层面的收获更多。

《我爱你，中国》经谱曲后传唱，获奖无数，在 1984 年，还入选联合国教科文组织（亚洲）歌曲集。

诗无达诂，倘若一定要说出《我爱你，中国》每一句歌词的出处，难免牵强附会，但似乎也有来处。第一，百灵鸟。儿时，在旷野，一只百灵鸟呖呖鸣叫着钻入云霄，母亲会说："听，听，百灵鸟！"百灵鸟与云雀，是两种不同的鸟儿：云雀会扇着翅膀，悬停在半空歌唱；百灵鸟一飞冲天，掠空而过，已经飞远了，可它的叫声还不绝于耳。第二，蓝天。1949 年 10 月 14 日，那年我 5 岁，家住广州西关昌华大街 8 号。响了一夜的炮后，轰隆一声，国民党的军队炸了海珠桥。清早，我出门上街，仰望朗朗晴空。珠江边，广州最高的楼宇——爱群大厦，从楼顶瀑布一般地泻下一幅巨大的标语："中国人民站起来了"；阳光下，一队又一队的解放军，唱着"解放区的天，是明朗的天"。明朗的天，是我对童年永远的记忆，是我的初心。第三，青松气质、红梅品格。这两个比喻，代表着我极力推崇的中华民族的人文精神。此前，在我写的《颂歌献给毛主席》中，就有"红梅傲雪报新春，高山松柏万年青"的句子。第四，碧波滚滚的南海。1962 年，我以全科满分的成绩高中毕业，响应祖国的召唤，投笔从戎。我来到南海上的一个小岛（横琴岛）当兵。我们的连队，后来被国防部授予"南海前哨钢八连"的称号。从哨长到炮兵排长，一直到 21 岁时调入广州军区政治部文化部担任专业作家，我生命中最宝贵的青春岁月，就是在碧波滚滚的南海边度过的。1974 年，我又参加了西沙群岛自卫反击战及解放岛屿的行动。第五，白雪飘飘的北国。1945 年 11 月 14 日，我出生后的第二年冬天，在重庆，《新民报·晚刊》发表了毛泽东作于 1936 年的《沁园春·雪》；不久，在国民政府任职的父亲瞿道宗便托人找来印刷版的毛泽东的手迹，镶框挂于中堂。我 3 岁刚过，就由母亲张熙瑞口授，背诵"北国风光，千里冰封，万里雪飘"。其豪情壮志，在我的血脉里流淌。第六，家乡的小河。在我的精神世界里，从梦中流过的江河有 3 处：一是我的出生地四川广安的渠江，二是我的启蒙之地——广州西关培正小学所在的荔枝湾，还有我青少年时代多次游泳横渡的长江。

歌词《我爱你，中国》的成功创作，更多的是幸运。一个词作家，最大的幸运是遇到一个好的作曲家。我这一辈子，有幸遇到了郑秋枫、施光南，还有赵季平、瞿希贤、谷建芬、傅庚辰等，他们都是我生命中的贵人。

当然，作为词作家，我的努力及坚持不懈，更是不可或缺的。你可知一首经典歌词是如何得来的吗？我们不讲语文，只谈算术：一个中等水平的词人（譬如我），一辈子要写多少作品，才能成就一首所谓的经典作品？一般来说，我写了 10 首歌词，最多能有一首得以谱曲。谱了曲的 10 首歌词，最多能有一首得以演唱。唱了的 10 首歌词，最多能有一首得以流传。流传了的 10 首歌词，最多能有一首成为金曲。最要命的是，我自以为是金曲的 10 首歌，经过至少 30 年的汰选（政治的、地域的、美学的），最多能有一首侥幸成为"推荐歌曲"。

据此，从理论上来说，至少要写够 10 万首歌词，才有可能产生一首所谓的"推荐歌曲"（它当然还不是严格意义上的经典作品）。除非幸运，许多人终其一生，几无可能有此机缘。因此，对我来说，《我爱你，中国》是不可复制的。

（摘自《读者》2019 年第 19 期）

或然世界：AI 和艺术的短兵相接

霍思伊

在人工智能时代，一切边界都模糊了。

2019 年 7 月 13 日，微软基于情感计算框架的人工智能小冰，在中央美术学院首次以画家身份举办个展：或然世界。

就在两个月前，小冰继写诗和演唱之后，解锁了绘画技能，她化名"夏语冰"参加中央美术学院 2019 届研究生毕业展，但没有人识别出她的真实身份。

毕业展的总策划——中央美术学院实验艺术学院院长邱志杰说，毫无疑问，小冰通过了"图灵测试"。

在小冰的个展开幕当天，中央美术学院美术馆副馆长王春辰抛出一个问题："或然世界，也就是另外一个世界，和我们此岸的世界不太一样的世界。那么，人工智能所表达的世界，究竟是不是我们现在所看到的世界？"

打败他们的，不是人类

2018年10月，一幅肖像画在纽约佳士得拍卖会上，以43万美元的高价被成功拍卖，引发巨大轰动和讨论。此前，它被预估的成交价从未超过1万美元。

与之一起拍卖的还有美国波普艺术之父罗伊·利希滕斯坦和身家高达7亿美元的安迪·沃霍尔的作品。但现在，他们都被打败了。安迪·沃霍尔作品的最终成交价是7.5万美元，罗伊·利希滕斯坦的则是8.75万美元。

更令他们沮丧的是，打败他们的不是人类。

在艺术收藏家眼中价值43万美元的肖像画名叫《埃德蒙·贝拉米像》。典型的金色古典欧式画框中，一个略显肥胖的男人微侧着脸，似乎注视着你，又似乎不是。因为他的脸部是模糊的，身体曲线也是，黑色的礼服隐没在黑色的背景中，所以，画的风格有点像印象派。有人从他简单的白色衣领推测他可能是个牧师，或者是个法国人。谁知道呢，毕竟这是个虚构人物。

他的名字是在向伊恩·古德费洛博士致敬，他是目前最重要的机器深度学习模型——生成式对抗网络（GAN）的创造者。在法语中，古德费洛可以被翻译成"Belami"，于是，就有了贝拉米。

在很多人看来，这个快速致富的故事似乎太过简单了，因此令人诟病。3个法国大学生用一个19岁的高中生放到开源平台上的代码来训练人工智能，该算法在学习了14世纪至20世纪的1.5万张肖像画后，"创造"出自己的作品，并在拍卖中溢价43倍。

以GAN为基础的人工智能艺术创作，不同于50年前就开始的计算机绘画。那时候，艺术家把自己的审美要求转换成具体的代码输入计算机。而GAN的运行原理是个"黑盒子"。人类喂给它海量的数据，在绘画创作领域，这些数据就是历史上人类画家的作品，计算机通过内部的算法学习这些画作，并自主找到其中蕴含的人类审美规则，然后产出作品。之所以说它是"黑盒子"，是因为人类只能通过观察终端产出来推测它是如何学习的，但永远无法确切地认知。

在传统模式中，计算机相当于在人类精准的"指导"下工作。在生成式对抗网络模式中，人类只负责提供"母乳"，真正自主学习的是"孩子"自己。

像人类社会中，当发现自己的孩子"长歪"时，父母总会及时纠正一样，微软小冰全球产品线负责人李笛说，在训练小冰的过程中，研究人员曾发现她会创作出人类审美所不能接受的作品，"画面很难形容"。此刻，要通过打分模型反馈给小冰，让她知道"什么是好的作品，什么是坏的"。李笛将此形容为"棍棒底下出孝子"。

在小冰团队看来，小冰已经能够实现100%原创。这种原创不仅体现在画面的构图上，还体现在画面的每一个元素上。

问题是，人工智能所谓的"原创"，是否等同于人类的"原创"？

《埃德蒙·贝拉米像》无法回答这个问题，或者说，它无法在人类的语境下回答这个问题。

竞拍前，它就挂在安迪·沃霍尔作品对面的墙上，而在画作署名的地方，却是一行算法公式。在艺术史上，从没有哪一刻，艺术和人工智能如此短兵相接。

小冰的原则是要对人有价值

李笛说，如果只考虑最近的两三年，人们可以只关注人工智能系统的功能性，比如帮人类订餐、打车。但如果以 10 年为衡量基础，就必须考虑其系统设计上的完备性，人工智能要和人类有更好的交流，就需要具备一定的情商。如果把时间尺度拉得更长，也就是考虑人工智能要如何更好地去兼容未来，它必须要从人类社会学习更多东西。

人和人之间的交流不仅仅是对话和任务，还包含着信息的传达。这种传达不是管道形式的，即 A 把看到的事物直接转发给 B，而是 A 经过所谓的咀嚼或感悟再传达给 B，在这个过程中就有原创性的成分，也就是"理解"。

李笛认为，人类的创造能力主要有 3 种：第一种是提供新的观点，目前人工智能还很难做到。人工智能可以迁移、搬运观点，但是要产生新的观点还很难。第二种是提供新的知识。一个教授能够通过以往的知识推导出一个具有原创性、独创性，以前不存在的概念，这也是人工智能很难做到的。第三种是原创内容的生产，这是目前微软努力的方向，他们已经实现了让由人工智能框架赋能的不同类型的产品具备这样的特点。

但他也承认，人工智能的"创造"与人类的创造差别很大。人工智能的创作很难让人们溯源到人工智能本身，而在观看人类的艺术作品时，通过作品溯源到背后的艺术家是一个很重要的欣赏环节。

微软对小冰的定位很明确，其目标从来不是让小冰成为超越人类的艺术家，而是成为一个内容行业的创造者。

李笛指出，小冰的原则是要对人有价值，能被大众理解和接受。"对于让她自我表达，我们的兴趣不大。"

从这个原则出发，小冰的训练数据包含了从 17 世纪至 20 世纪横跨 400 年的人类社会普遍认同的 236 位艺术家，而非一些大众难以理解的当代先锋艺术家。

"我甚至可以把小冰的机房打开，把她所有服务器的外壳全打开，你看到里面的那些灯在闪烁，这其实就是人类想要追求的行为艺术。对小冰来讲，她的本质就是这个，但她现在追求的是被人类理解。"李笛说。

人类艺术家在追求"出圈"，小冰则正好相反。

人工智能是第三极

邱志杰决定让小冰以化名参加中央美术学院的毕业展，是为了做个实验。

他很好奇，人类对人工智能的偏见究竟有多深。

在小冰人工智能的身份被揭露之前，一些观众会被她的作品打动，从中解读出很多东西。但之后，人们的心态发生了很大变化。有人吃惊，有人恐慌，还有一些人特意来挑刺儿。就像此前小冰作诗，匿名在豆瓣上发表时，收获了很多称赞和共鸣，但公布身份后，人们又说她的诗没有灵魂。

艺术圈也是如此。邱志杰发现，对于 AI 创作艺术，4 种主流观点分别是：拒不承认，担心自己被彻底取代，认为 AI 可以成为人类的助手，以及不了解、不清楚。事实上，最后一种往往更为普遍。

他认为，人类对于自己未来和 AI 的关系还不确定，大多数人还没有做好准备。

邱志杰也有一句名言："AI 不了解人性。"

他指出，AI 目前还处于婴儿期，人类社会中的左右为难、难言之隐，以及一些非常微妙的分寸，它还难以把握。

喜欢研究美学的物理学家张双南赞同邱志杰的看法。他指出，人类的审美是自私的，因为人性是自私的，人类总要强调自身的独特性和优越感，所以有欲望。"人类的创造力就来源于内在的强烈欲望。AI没有欲望，只是为了满足人类的价值观。"

但小冰团队的首席科学家宋睿华经常反问自己：为什么小冰要画人类能够欣赏的艺术作品？人工智能是否有自己的语言和审美取向？

而且，计算机最强大的特点是它的并发能力，可以在很短的时间内同时模拟人类的很多能力。

"即便是一万次的迭代，计算机可能也只需要花两个星期，这让我们可以同时看到很多不同的可能性，这就是或然世界的可能。"宋睿华说。

在邱志杰看来，这也是AI超越人类的地方。

不管人类是否承认，人工智能已经在挑战传统的思维方式和生产方式。

邱志杰认为，AI在3分钟内可以同时为数十万人画画，且质量稳定。艺术在今天以如此高效的方式生产，AI已经成为足以和人类艺术家平行的一种创造。从技术上来说，艺术家这个工种中的大部分工作将很快被AI接管。

因此，人工智能不仅解放了设计师，还宣告了一个新时代的到来，这是一个高度定制化的时代。

新媒体艺术家周林玮认为，AI建立了一个坐标系。人一直在打造各种各样的镜子，各种各样的分身。通过不同的镜子，人越来越清晰地看到自己的样貌。所以，艺术家要和AI一起进化。

李笛指出，人类和人工智能共存，互相协助，将会成为可预见的未来。"在人类和世界之外，人工智能是第三极。"

（摘自《读者》2019年第19期）

跑腿小哥的 100 种人生

易方兴

1

　　今天，跑腿小哥孔祥达最重要的任务是去机场接一只猫。接猫之前，他要跑两单别的任务——取电信证明和商标证明；接猫之后，还得去医院取个 DNA 证明。

　　没做过跑腿的人很难真正理解，这是一个被人需要的行业。远在外省又急需在北京取得某份材料的企业主，在湖北的医院治病手头却没有之前在北京看病病历的病人，又或是想去机场接来看自己的不识路的父母却公务繁忙的子女……人与人并不是每时每刻都能联结，而孔祥达扮演的正是纽带的角色。他知道许多陌生人的秘密故事，这些秘密故事有的温暖人心，也有的令人尴尬。

2

孔祥达在青年旅社租了一个床铺，每月 600 元床位费。自己的空间里除了床，就只有一个带锁的小柜子。他今年 22 岁，从 2016 年 12 月 31 日开始跑腿，到现在已经坚持了两年多，他说自己还能再坚持 3 年，到 25 岁的时候，他就要回老家临汾结婚了，这是他父母给他闯荡的最后期限。他用攒下的两万块钱注册了自己的跑腿公司，目前他的公司算上他本人一共有 3 个业务员，但除了他，其他的人已经换过好几次了。"那些人觉得办各种事情太复杂了，做得没意思"，相反，他觉得这比送外卖和送快递有意思得多，因为能遇见各种各样的人，听到各种各样的故事。

有一次，一个客户打电话过来，要他去北京的 500 家酒店拍摄酒店内部图，这个客户是专门做酒店广告投放的。他计算了一下，按照他目前按距离计算的业务收费标准，最少要 6.8 万元才能干完整个活儿，对方只得放弃。还有一次，他深夜 2 点接到一个电话，一个母亲希望他能去街上买一个奶嘴，因为婴儿一直哭闹不睡觉。他起床找了一个小时，才找到一家卖奶嘴的 24 小时便利店。他把奶嘴送到时，孩子还在床上哭呢。

也有一些活儿比较辛苦。比如有一次客户要他去公司帮忙销毁 10 万张光盘。10 万张光盘是什么概念？光把光盘倒进麻袋这件事，就做了一个半小时。

还有的任务需要巨大的耐心。有一回他接到一个"去机场找个去香港的人帮忙捎本护照"的任务，他找了 7 个小时，询问了 100 多个人，才终于找到一个愿意帮忙的老人。

但并不是所有的活儿都能赚到钱。就像这次去机场接猫，如果打车，要150多块钱，和跑腿费持平。所以天气暖和时，他会骑摩托车。他是一个谨慎的年轻人，还专门花2000元考了正规的摩托车驾照。

找他代去医院的人很多。他曾帮人代购过一支3000块钱的专治乳腺癌的药，这药被保存在一个小小的注射器里，只有50毫升，他衷心希望对方能因为他买的这支药好起来。还有一些时候，他见证了生命的消逝。在一个1945年出生的肺癌老人生命的最后半年里，前后8次接送老人入院、出院的都是他。因为老人的儿子在做高管，腾不出时间。"客户说自己每请一天假，都要损失几千块钱。"讲述这个故事时我感觉到了他情感中的细微波动。我问他："你难过吗？"他回答时明显有些抱怨："如果客户都不难过，我为什么要难过呢？"

3

至于以后的出路，孔祥达想把业务转型一下，尽量少帮人代购食品，少代人去超市买东西。因为总买东西很乏味。他无法接受如工厂流水线上一样反复而机械的工作，他渴望新鲜感。

有一次，他被喊去三里屯的一家火锅店帮忙排队，拿到号的时候前面已经有400个人在等候了。他在三里屯等了整整3个小时才排到，中途还吃了个午饭，他把三里屯能逛的地方都逛遍了，见了各种各样衣着时尚的年轻女生之后，他总结道："这样的不适合我。"他还是喜欢自然可爱一些的女生，比如大眼睛、娃娃脸那种。但他之前喜欢了3年的一个家乡女孩让他备受打击。他本是一个内向含蓄的人，半年前，为了向女孩表达心意，他在三里屯用攒下来的1000元买了宠物兔和笼子，专程坐顺风车回家，半路遭遇大雨，顺风车不送了，他只能再打一辆出租车，一路将礼物送到女生手中。女生虽然收了礼物，但在他表达完心意之后，就把他"拉黑"了。

这是他谈不上初恋的初恋，也是截至目前的最后一段感情。他每年能接到 10 个左右送宠物的跑腿业务，很多时候都会让他联想起这段往事，心痛归痛，但也有一层无奈的含义：他孑然一身在北京，什么都没有，自然无法给别人许诺什么未来。

之前，有人想投资他的跑腿公司，他不敢答应，"怕辜负了别人的期望"。而且他也没太想好如果真的要做大规模该怎么做，如果有足够的资金，他会一口气招 20 个人来，但是又会想，怎么找到 20 个跟他一样负责任的人呢？

尽管跑腿公司是他的，但他唯一的权力就是分配一下接到的跑腿单子。复杂一些的单子自己去做，让另外两个人去做简单的。有一些业务是没法接的，比如一个客户委托他帮忙办北京户口。还有的业务让人心生警惕，比如深夜 3 点给另一个人送去几条香烟。为什么要深夜送烟？这样的业务也不能接。

当上跑腿小哥也是一次巧合。刚来北京时，2016 年 3 月 27 日清晨 5 点，这个日子他记得很清楚，他在闹市区转了一个小时之后，就被骗去做了保安。他干了 10 天就逃了出来，接下来又去了一个网络超市做送货员，工作内容有点像送外卖。干了几个月之后，老板跑路了，欠了他 5000 多块钱的工资。

即便如此，他也依然没想过回老家临汾，因为北京的机会太多了。他自然知道，全中国最好的医院、学校，还有许多政府部门都聚集在北京。这意味着需要上京办事的人数量巨大。"这就是我的机会。"

跑腿对他来说，不仅仅是一份赖以谋生的工作。"我做的许多事情对当事人来说，都是很重要的。能帮上那些需要帮助的人，我感到很开心。"这相当于一种存在感，或是一种自我价值的体现。从这个层面来说，他坚持的是一种精神层面的东西，"被别人需要的感觉很好"。

11点，上午的两件事办完了，在面馆吃过一碗岐山臊子面之后，他赶往机场接一只从哈尔滨送来的猫咪。从接猫到把猫送到客户家里，按照距离他收了180元的费用。实际上，如果客户自己去接猫，来回打车，费用绝对会超过这一价格。所以他觉得自己确实帮客户省了钱，也省了时间。

到医院取完DNA检验结果已经是下午5点。对他来说，这一天的工作已经结束了。他去了4个一般人并不常去的地方，做了4件相互没有关联，并且与自己也没有关系的事情。这样的一天，他一年要重复365次。他今年22岁，生活在别人的事情里，他的工作永远是在路上。

（摘自《读者》2019年第18期）

文学何为

韩少功

经常遇到有人提问："文学有什么用？"我理解这些提问者，包括一些犹犹豫豫考入文科的学子。他们的潜台词大概是：文学能赚钱吗？能助我买下房子、车子以及名牌手表吗？能让我成为股市大户、炒楼金主以及豪华会所里的 VIP 吗？

我得遗憾地告诉他们，基本上不能——这意思是说，除了极少数畅销书。文学自古就是微利甚至无利的事业。而那些畅销书中的大部分，作为文字的快餐乃至泡沫，其实与文学没有多大关系。街头书摊上红红绿绿的色情、凶杀、黑幕……让读者一次次地把钱掏出来，但不会有人太把它们当回事吧？

不过，岂止文学利薄，不赚钱的事情其实还有很多。下棋和钓鱼赚钱吗？听音乐和看山水赚钱吗？与情投意合的朋友谈心赚钱吗？泪流满面地思念亲人赚钱吗？少年幻想与老人怀旧赚钱吗？走进教堂时的神秘感和敬畏感赚钱吗？做完义工后的充实感和成就感赚钱吗？大喊大叫、奋不顾身地热爱偶像赚钱吗？……这些事非但不赚钱，可能还费钱，费大钱。但如果没有这一切，生活是否少了点什么？会不会有些单调和空洞？

人与动物的差别，在于人是有文化、有精神的，在于人总是追求一种有情有义的生活。换句话说，人没有特别了不起，其嗅觉比不上狗、视觉比不上鸟、听觉比不上蝙蝠、搏杀能力比不上虎豹，但要命的是，人这种直立行走的动物往往比其他动物更贪婪。一条狗肯定想不明白，为何有些人买下一套房子还想圈占十套，有了十双鞋还去囤积一千双，发情频率也远超生殖的必需。想想看，这样一种最无能、最贪婪的动物，如果失去了文明，失去了文明所承载的情与义，会变成什么样子？是不是连一条狗都有理由耻与之为伍？

人以情义为立身之本，因而人类社会几千年来一直有文学的血脉在流淌。在没有版税、稿酬、奖金、电视采访、委员头衔乃至出版业的漫长岁月中，仅仅依靠口耳相传和手书传抄，文学也一直能生生不息、蔚为大观，向人们传达有关价值观的经验和想象，指示一条澄明敞亮的文明之道。这样的文学不赚钱，起码赚不出比肩李嘉诚和比尔·盖茨的财富，但它让赚到钱或没赚到钱的人都活得更有意义，也更有意思。因此它不是一种谋生之术，而是一种心灵之学；不是一种职业，而是一种修养。把文学与利益联系起来，不过是一种可疑的现代制度安排，更是某些现代教育商、传媒商、学术商等乐于制造的掘金神话。文科学子大可不必轻信。

另一方面，只要人类还存续，只要人类还需要精神的星空和地平线，文学就肯定广有作为和大有作为——因为每个人都不会满足于动物性的吃喝拉撒，哪怕是恶棍和混蛋心中也常有柔软的一角，会忍不住在金钱之外寻找点什么。在这个时候，在这个呼吸从容、目光清澈、神情舒展、容貌亲切的瞬间，在心灵与心灵相互靠近之际，永恒的文学就悄悄上场了。人类的文学宝库中所蕴藏的感动与美妙，就会成为出现在人们眼前的新生之门。

（摘自《读者》2019 年第 17 期）

会 意

汤一介

　　"好读书，不求甚解；每有会意，便欣然忘食。"这是我的读书观。一个学者一生要读各种各样的书，不是读什么书都要做到求甚解。

　　我小时候读《三国演义》，很多地方读不懂，但还是爱看，因为就想知道故事的大概。长大了再读《三国演义》，还有不懂的地方，但只是想知道它和《三国志》所载有些什么不同罢了，我并不想做研究《三国演义》的专家。后来我进了北京大学哲学系，再后来当了北京大学哲学系教授。我读书、教书，还是信守"好读书，不求甚解"的信条。研究哲学，特别是中国哲学，中国哲学家有那么多书，每本书、每句话都要求"甚解"，可能吗？

　　我认为陶渊明这两句话对研究哲学的人来说，后面一句"每有会意，便欣然忘食"更重要。

我们常把汉人对经典的注释叫"章句之学"，每章每句都要详加解释。《汉书·儒林传》谓"一经说至百余万言"，儒师秦延君释《尧典》，十余万言；释"曰若稽古"四字，三万言。

至魏晋风气一变，注经典多言简意赅，倡"得意妄言"，例郭象注《庄子·逍遥游》第一句"北冥有鱼，其名为鲲。鲲之大，不知其几千里也；化而为鸟，其名为鹏"，谓"鹏鲲之实，吾所未详也"，并批评那种一字一句注解的章句之学为"生说"（生硬的解释）。他说："达观之士宜要其会归，而遗其所寄，不足事事曲与生说，自不害其弘旨，皆可略之。"

我想，这就是"会意"。读哲学书，重要的在"会意"，而不在"曲与生说"。"会意"才能对古人的思想心领神会，才能有所创新。

据日本学者林泰辅说，《论语》的注解有三千余种；元朝的杜道坚说，《道德经》的注解也有三千余种。不管有多少种《论语》《道德经》的注解，我们能说哪一种对《论语》或《道德经》"甚解"了呢？没有吧。

杨伯峻先生在注孔子说的"六十而耳顺"一句时说："'耳顺'这两个字很难讲，企图把它讲通的也有很多人，但都觉牵强。译者姑且作如此讲解。"

我认为，杨先生的这种态度是对的，他只是"姑且"给一种解释，并没有说他的解释就是唯一正确的。

读书人喜欢读书，特别是像我这样的读书人，喜欢读各种各样的书，宗教的、文学的、艺术的、考古的、历史的、民俗的，甚至科学和科学史的等等。是不能都要求"甚解"的，知道一点就行了。它可以帮助你开阔眼界、拓宽思路。读你自己专业的书，当然得了解得深入一些，但也只能要求"深入一些"，不可能字字句句都有所谓"正确了解"，而"会意"则是更为重要的。

哲学家要求的是"六经注我",而非"我注六经"。"会意"实际上是加上了自己的"创造",这样才真的是把学问深入下去了。

（摘自《读者》2019 年第 17 期）

高伦布

胡展奋

　　尽管被看作"疯子"，尽管被看作"骗子"，但是伟大的哥伦布在我们最沮丧、最晦暗的日子里，仍像一支通天的火炬，熊熊地照亮着我们的生活。

　　那是 1976 年的岁末，我第一次跨进冷雾笼罩的"小三线"的深山沟。想想可能一辈子将要在这里度过，我绝望得天天酗酒。某日经过黑板，发现一首励志歪诗，虽然拙劣，署名倒令我感到好奇——高伦布。他居然要高出哥伦布一筹吗？什么人如此狂妄？看那首歪诗的水准，我不认为他这辈子还有什么指望。

　　很快我就知道，"高伦布"是林步阶的笔名，这家伙喜欢投稿，外号"淋巴结"。我走进他的寝室，才发现他原来是个"哥伦布"迷，墙上、桌上、蚊帐里到处是哥伦布的画像。那时候，"那个十年"刚结束，很多人还不知道哥伦布是谁，林步阶却能将哥伦布的逸事娓娓道来。

不久，高考恢复了。高伦布和我们一样积极投入。如果说哥伦布奋起扬帆的动力是财富，那么毋庸讳言，我们的目的便是通过高考回到上海。然而底子太差了，一场秋闱，全线败北。高伦布的数学尤其糟糕，居然是零分。大家笑话他，他却无所谓地耸耸肩，私下里对我说，这些文盲懂什么，哥伦布也曾被人看作疯子、骗子，结果还不是发现了新大陆？他的伟大就在于，把看似不可能变成可能！

为了给大家打气，他还说了一段哥伦布的逸事："一次宴会上，有人问哥伦布，你不过就是发现了一个地球上本来就已经存在的地方，怎么会因此出了名？"哥伦布却答非所问地对他说："你能将生鸡蛋竖直放在桌子上吗？"那人想了想，回答道："不能。""我可以。"说着，哥伦布拿起一只生鸡蛋，竖直地将它撞向桌面。鸡蛋虽然破了，却立在桌子上。然后哥伦布对那人说："这就是我出了名，你却没有出名的原因。"

从此，在凤凰山麓，每天都可以看到一群发奋的青年晨昏不辍地诵读着。当然，最突出的还是高伦布，他不但口袋里塞满了各门功课的知识卡片，就连蚊帐里、墙壁上也到处挂着卡片。"我就不信。"他对我说，"虽然底子差，但是如果把教科书整本整本地背下来，还怕它不行？什么理解不理解的，老子把所有习题都做烂熟了，还愁不行！"

然而，厂领导已经对他们那无休无止的"毅力"不耐烦了，每逢开会总要批评大家"不安心在三线工作，想跳出去，高考动机不纯"。最后，厂里干脆宣布取消所有考生的"高复假期"。高伦布急了，找我商量，我说："你何不学学哥伦布？"

我是调侃他的，没想到他认真了。某日，他悄悄把我叫到他寝室，平静地指着一对大哑铃，对我说："把我手指砸烂，随便你挑哪一根。"

　　说实话，我的腿肚子一阵阵地转筋。他倒果断，蹲着，将左手小指和无名指垫在一只哑铃上，催我站在凳上，用另一只哑铃砸它。于是，我就像孩提时代弄堂里"钉橄榄核子"一样，硬着头皮瞄准了，一闭眼，砸了下去——一声闷响，当然骨折了，3个月病假。

　　3个月的病假帮他完成了最后的冲刺。那一年，他已经28岁——成人高考的最后年限。最终，他一举中鹄，且是全厂唯一。可怜的教育科长迎风摇着头，一遍遍地说："不可思议！不可思议！"严格地说，他就是文盲，但是，他把不可能变成了可能！

　　如今，快四十年过去了，高伦布早已是商界大佬。那天碰见我，他还是喋喋不休地说着他的哥伦布："好比擎天的火炬，他照亮了我的一生。我们都想到了别人没有想到的，他用鸡蛋来表达，而我则选择了哑铃！"

（摘自《读者》2019 年第 17 期）

阿芳的灯

王安忆

走在那条湿淋淋的小街上，家家门户紧闭。雨滴敲在水泥路面上，滴滴答答，在空寂的街上溅起回声。望着铅灰色的云层，听着四下里单调的雨声，心里涌上一种莫名的悒郁。

在阳光明媚的日子里，这小街却也不失明丽。家家户户半启着门，老人在门前择菜，小孩在门前嬉闹。在安静的老人与活泼的孩子身后，是他们各自的家。这一排临街的人家里各有着什么样的生活？如有余暇，又有闲心，便会好奇。

有一天，一个很平常的日子里，虽不是阴天，也并非无云。我走过这里，无心地回头，望见一扇大敞着的门里，似乎已经是午饭以后很久了，可是桌上依然杯盘狼藉。一条壮汉横在竹榻上，睡得烂熟，苍蝇停在他的脸上，十分安然的样子。一个老妇人，像是壮汉的母亲，背着门在踩一架沉重的缝纫机，粗钝的机器声盖住了汉子的鼾声。满屋都是叫不出名目的破烂东西，我甚至嗅到了一股腐臭味，于是便扭回头，走了过去。日头已成夕照，灿灿地映着梧桐的树叶，我从树叶斑驳的阴影中走了过去。

后来，我开始一日三回地在这条街上往来，因为我搬进新居，上班需从这里走过。也不知过了多少日子，我经过这里的时候，这街上多了一个小小的水果摊，摆在临街的一扇窗下。窗和门是新漆的红褐色，窗门上有绿色玻璃钢的宽宽的雨檐，摊边坐着一个女孩，留着日本娃娃式的头发，浓浓的刘海儿罩着活泼泼的眼睛，面容十分清秀，只是略显苍白，可是，唇却有天然的红润。她穿的也是红颜色的衣服，一朵红云似的停在黄的梨、青的苹果、黑色的荸荠旁边，静静地看一本连环画或是织一件不仅限于红色的毛衣。如有人走过，她便抬起半掩在乌黑的额发后面的眼睛，如那人迟疑了脚步，她就站起来，静静地却殷殷地期待着。很少有人会辜负这期待。

有一次，我在她的水果摊前站住了。她迎上来说道："买点什么吧。"她的声音粗糙、沙哑，与她清秀俏丽的外表十分不符。我停了一会儿，她便以为我在犹豫，又说道："今日的哈密瓜好得很，昨晚才从十六铺码头进来的，虽然贵了一些，可是划得来的。"

我没买哈密瓜，而是挑了几只苹果。我看见她举秤的手是一双极大的手，关节突出，掌心有些干枯，无言地流露出日子的艰辛。她的脸却是极其年轻的，脸颊十分柔滑、白皙，眼睛明澈极了。她称好苹果，用一个极小的电子计算器算账，粗大的手指点着米粒大小的键钮。数字显现了，她爽快地免了零头，帮我将苹果装进我的书包。

天黑以后，这里的生意便忙了许多，除了女孩，还有个男人在帮忙，听他叫她阿芳。我猜想这个男人是她丈夫，可又觉得她委实太年轻，远不该有丈夫。可有一日，我忽然觉得阿芳有些异样，来回走了几趟，观察了几遍，才发现她的腰身粗壮了，显然有了身孕。我心里不由得升起一股奇异的感觉，很惋惜似的，又很感动。再看他们这一对，也觉得颇为美好。他结实健壮，而她清秀苗条，且又年纪轻轻，叫人羡慕。他干活不如阿芳利索，态度也欠机灵，可是，对人的殷切却是一样的。那一晚，他为了要我买下一些烂了一半的香蕉，在蒙蒙细雨中执着地跟出几十步远，嘴里反复地说："要没有带钱，以后再给好了。"

有一日，买荔枝时，阿芳与我搭话："见你总在这里走过，大约也住这一条街吧，几号里的？"

我告诉她住的并不是同一条街，每天必须走过是为了去上班。

她说："我想也是。"帮我将荔枝束成把。我看见她脸上有了褐色的孕斑，嘴唇也有些黯淡，手指甲上却涂了鲜红的蔻丹，与那粗大的指节相抵触着，虽免不去俗气，却又一派天真，心里竟没有反感。我又问她："水果是谁弄来的呢？不会是你自己吧。"

她说："是我男人。他下班以后，或者上班以前，去十六铺。"

"那么执照是你的了？"我问。

"是的，我是待业的嘛！"她回答，脸上的孕斑似乎红了一下，我便没有再多问。

有了阿芳和她的水果摊，这条街上似乎有了更多的生机，即使在阴霾的日子里。

深夜时分，落着小雨，我从这里走过，家家都已闭了门。我远远地看见阿芳门前有一盏灯，她挺着肚子，坐在一把椅子上，低着头织一件毛衣。我不愿惊动她，就从街的这边走过。

后来，水果摊收起了，大约是阿芳分娩了。这条街便格外地寂寞与冷清了。阿芳的门关起来了。关起来的门，如同汇入大海的水滴，退进那一长排、面目如一的门里。我竟再也不记得哪一扇才是阿芳的门，如果在它启开的时候，留心一下门楣上的号码就好了。可是，偌大的世界中，一个小小的阿芳，又算得上什么？几个来回以后，我便也淡忘了，习惯了这没有水果摊的小街。

我照样天天从这里走过，将这用方块水泥板拼成的路面走了个熟透。临街的窗户里挑出青青的竹竿，晾着衣服，衣角上滴下的冰凉水珠，都与我稔熟了似的，常常俏皮地落在我的额上。有的时候，会有五彩的肥皂泡从上面飘落，我会用手掌接住一个，它停在我的手心，好像一个梦似的照耀着我。从冬到夏，从秋到春，有阴郁的日子，也有明朗的日子，这街于我已经熟悉得亲切而平淡了。只是有一回，临街的楼上，忽然落下一朵断了枝的紫红的月季，落在我的肩上，又落到我的脚边。这是一个十级台风过后的透明的清晨。这时，就好像得了一个消息似的，我想起了阿芳。我想，阿芳该做妈妈了，阿芳的宝宝是男还是女？阿芳大约不会再摆水果摊了吧。

一天傍晚，我忽然看见了阿芳。她依然是罩到眼睛的刘海儿，眸子明亮，皮肤白皙，穿了一件红花的罩衫，安然地守着一个色彩缤纷的水果摊。她怀里抱着一个白白胖胖的婴儿，有着和她一样鲜艳的嘴唇，看上去是那样惹人喜爱。她似乎并没认出我，用一般的热切的声音招呼："买点儿什么吧。"

我挑了一串香蕉，她将孩子放进门前的童车里，给我称秤。我看见她的无名指上，多了一枚粗大的赤金的戒指，发出沉甸甸的微弱的光芒。

从此，这里又有水果摊了，又有了阿芳、阿芳的男人，还有阿芳的孩子。阿芳也渐渐地认识了我，或是说记起了我，过往都要招呼，要我买些什么，或问我昨日的瓜果甜不甜。我还可以自由地在那里赊账，虽然我从来不赊。

毛头渐渐地大了起来，阿芳也渐渐地圆润起来，却依然容貌俏丽，只是脖子上又多了一条粗重的金项链，腕上也有了一只小巧的手镯。夜晚，她男人将电灯接出门外，灯光下，阿芳织毛衣，阿芳的男人看书，毛头在学步车里学步。摊上的水果四季变化，时常会有些稀奇而昂贵的水果，皇后般地躺在众多平凡的果子中间。

这一幅朴素而和谐的图画，常常使我感动，从而体验到一种扎实的人生力量与丰富的人生理想，似乎揭示了人生与生活的本源。在那些阴雨绵绵的日子里，在那些心情烦闷而焦灼的日子里，看到阿芳，甚至只需阿芳门下那一盏昏黄的灯，也能使人宁静许多。

一天夜间，天下着大雨，雨点落在地上，溅出一朵朵水花。街上几乎没有行人，自行车飞快地掠过，眨眼间不见了踪影。我走过这里，阿芳的门前也冷清了，却还开着门，门里点着灯。忽听有人招呼我，在雨声里像是从很远的地方传来。我转脸一看，原来是阿芳的男人，正站在门口。他说，今日有极好极好的香瓜，不甜不要钱，或者买回吃了再付钱，诸如此类的话。我朝他笑一笑，便收了伞进去。毛头睡着了，盖着一条粉红色的毛毯，伸出头，口里还含着手指头。阿芳在看电视，电视里正播放越剧大奖赛的实况，那是一台二十英寸的彩电。屋里有冰箱、双缸洗衣机、吊扇、录音机等等。我从筐里挑好香瓜，付完钱，阿芳的男人又邀我坐一坐，避过这阵大雨。

我站着与他说话。我问他："就你们自己住这里吗？"

他说是的，姆妈在去年去世了，本来姆妈睡阁楼。

我这才发现，阁楼占了房间一半的位置，木头的拉门很仔细地漆成奶黄色，静静地闭着。

"水果赚头还好吗？"我问道。

"没有一定的，"他说，"像去年夏天的西瓜，太多了，天又凉快，价钱一下子压了下来，蚀了有几百呢！国营商店蚀得就更多了。"他笑了一下，自我安慰似的。我觉得他虽长得粗壮，眉眼间却还有一丝文气，像读过书的样子，就问他是做什么的，他说只不过是车工罢了，插队回来，顶替姆妈的。

我脑子里忽然闪过一个念头，想起很多年以前，从这里经过，有一扇门里的邋遢而颓败的景象。那里有一个儿子，也有一个母亲。或许就是这里，就是这里，一定是这里。我激动起来。阿芳随着电视里的比赛选手在唱"宝玉哭灵"，她是那么投入，以至竟然没有在乎我这个陌生人的闯入。我看着她，心里想着，难道是她拯救了那个颓败的家，照耀了一个母亲和一个儿子黯淡的生计，并且延续了母与子的宿命与光荣？

可我不知道这里究竟是不是那里。这里所有的门，都是那样的相像。我极想证实，又不敢证实。我怕我的推测会落空，就像怕自己的梦想会破灭。我很愿意这就是那个家，我一心希望事情就是这样。于是，我决定立刻就走。雨比刚才更大、更猛，阿芳的男人极力地挽留我，连阿芳都回过头来说道："坐一会儿好了。"

可我依然走了。我逃跑似的跑出阿芳的家，阿芳的灯从门里幽幽地照了我好一程路。我没有再回头。我怕我忍不住会发问、去证实，这是那么多余而愚蠢。我不愿这个美丽的故事落空，我要这个美丽的故事与我同在。

就这样，我自己织就了一个美丽的童话，在阴郁或者阴雨的日子里，激励自己不要灰心。并且，还将这童话一字一句地写下，愿它成为这条无名小街的一个无名的传说，在阿芳的毛头长大的日子和那以后长得无尽的日子里。

（摘自《读者》2019 年 11 期）

守岛记
杨书源

　　开山岛，位于我国黄海前哨，归江苏省连云港市灌云县管辖，是一个国防战略岛。开山岛虽为弹丸之地，但因位于灌河口，地形险要，具有重要的战略地位。1939 年，日军攻占灌河南岸，就是以此为跳板，其地理位置对于海防、国防十分重要。

　　到开山岛的第 3 个白天，我异常焦灼地望向 400 米开外礁石上孤零零的灯塔——那是海面上唯一可见的目标物。

　　等船来——这是支撑我一天的所有信念。"如果今天也走不了怎么办？我们 3 天也守不下去，他们俩 32 年在孤岛上是怎么过的？"同样在等待的同行者中，有人忽然说了这句话，众人沉默了。

　　1986 年，26 岁的连云港灌云县民兵王继才来到开山岛驻守。岛上实在凄苦——多年无水无电，杂草丛生，风蚀峭壁。

王继才成了开山岛民兵哨所所长。而他的部下始终只有一位：体恤丈夫凄苦而与他一起上岛的妻子王仕花。

在最近 10 年间，王继才夫妻的事迹渐为公众所知，全国"时代楷模"等荣誉接踵而来。然而，他们的生活轨迹并没有发生改变，二人继续守岛。直到 2018 年 7 月 27 日，王继才在执勤期间突发疾病，因抢救无效去世，年仅 58 岁。

而我，作为一个和王继才当年上岛时同岁的"90 后"记者，来到岛上体验 3 天 3 夜的守岛生活，只为寻找一个答案：到底是何种信念，能够让人坚守孤岛整整 32 年？

1

困境从 2018 年 8 月 15 日登岛前的 1 小时就已开始。送我们一行五人去岛上的船只，虽已泊在开山岛，但因台风疾雨忽至，众人被困舱中。

在为开山岛送补给的包师傅眼中，这只是开山岛的日常生活。

雨势渐歇，我们沿着石阶往上爬，一抬头，门开了，门内是笑盈盈的张佃成。60 岁出头的张佃成是王继才夫妇的亲家，以前也当过民兵。自从十几年前夫妻俩因一次紧急外出请他代为守岛，他就成了第三位巡岛人。

屋内摆设陈旧，木桌椅破旧掉漆，看着与空调、电视不大协调。张佃成告诉我，岛上的电是这两年才通的，网络是王继才去世后才有的。至于难得一见的空调，由于功率过大，是 2017 年才用上的。

因为岛上是靠太阳能发电的，能不能供上电，得看天。遇上台风天，停电就成了再自然不过的事。

水，更是稀缺的必需品。岛上不通自来水，也没有海水淡化设施。王继才自上岛，就开始在一口枯井里蓄雨水，用于生活所需。至今，这口井仍是生活用水的来源。饮用水则依靠岸上的矿泉水补给，一旦天气变化就会断供。

在岛上，一日三餐几乎都靠白水煮面和酱油拌饭维持。

上岛第一顿饭，尽管简单，张佃成还是一个劲让我们多吃点。他笑着说："吃饱了就不想家了。"

2

"升国旗了！"次日清早，我被张佃成在走廊里响亮的喊声叫醒。我精神一振，赶紧跑去山顶的天台看升旗。

这个仪式在过去的 32 年里，大多数时候的见证者只有王继才和王仕花。这对夫妻的每一天都从升旗开始，然后巡岛，巡岛后再写巡岛日志。

1986 年，王仕花犹豫了一个多月后，决定把女儿托给婆婆，也要上岛。王继才嘱托妻子带一面国旗来，他说："小岛虽小，有了国旗便有颜色。"

8 月 16 日 13 时许，张佃成见风雨太大，就把国旗拿了回来。"不能让国旗被风吹坏了。"在张佃成第一次来守岛时，王继才就嘱咐过他。

虽然岛上现在有了民兵巡岛，但张佃成依旧按照自己的方式坚持一天至少巡岛两遍。他说："不走几遍，心里空落落的。"

我跟着张佃成巡岛。台风天的风在营房转角处尤其大，人走到那里前俯后仰，难以站立。"岛其实很小，10 分钟就可以慢慢绕一圈，但如果把每一个角落、每一样设备都细细看到位，那就需要一个多小时。"张佃成平淡地说。

跟随巡岛后的第二天，我手脚酸软，像灌了铅。这样的巡岛路，王继才夫妇每天都要走 4 遍。

3

究竟为何守岛 32 年？是为了钱？王继才从未向组织开口提过困难。王仕花当年决定登岛时是小学老师，有望转成正式编制。守岛之后，就算是近两年新增了些补助，两个人全年的收入加起来不到 4 万元。

那是为了名？王继才夫妇屡被表彰，但王继才生前把所有的荣誉证书、奖杯都放进了箱子里。

一个人离开了，在他生活过、热爱过的地方总有痕迹。

宿舍门楣上，有着海风侵蚀下字迹依稀可见的春联，写着"不忘初心""牢记使命"等，都是王继才写的；升旗的旗杆旁，有处地面是修补过的，王继才在这里留下了修补日期"2016.5"。

在一棵大树上，我看到两行字："北京奥运会召开了，热烈庆祝北京奥运会。"

后来我才从王仕花口中得知，这是她留下的字迹。2008 年 8 月，北京奥运会开幕式播出时，夫妇俩没电视看，就围坐在收音机前，听着那一片人声鼎沸。

收音机，是曾经近 30 年间，守岛夫妻联通外界的唯一方式。

4

王继才不是没动过出岛的心思。

王仕花说起一件事：守岛七八年后，儿子要上小学了，她建议王继才抓住这个机会出岛。王继才鼓足勇气找了最早推荐他来守岛的县武装部的王政委。但当时王政委已罹患癌症，在病榻前这位老政委给王继才鼓劲，称赞他守岛守得很好。那一瞬间，王继才转变心意，他向政委打包票："您放心，再苦，我也把岛守好。"

从此以后，王继才真的再也没有动过出岛的心思。他无怨无悔地坚守着，奉献着。

由于夫妻俩常年在岛上，大女儿小学毕业后就辍学在家照顾弟弟妹妹。有一次镇上家中失火，大女儿托船家捎了一张字条到岛上，上面写道："你们心里只有岛，差点见不到我们了。"心急如焚的王仕花赶回家后，母子几人在墙壁被熏黑的家中抱头痛哭。

不过，自从女儿一年暑假到岛上看到父亲就着咸萝卜喝酒，就再也没有抱怨过。

孤独，怎么可能不孤独？王继才是在岛上学会抽烟的。王仕花说，有时王继才的烟抽完了，烟瘾又犯了，只好拿树叶卷纸头来抽。

这几年，王继才喝酒也越来越猛。"他一天要抽3包烟，酒也不离口，没有饭菜吃倒是不怎么打紧。"张佃成觉得，王继才这个急脾气，把自己的不耐烦都消磨在了香烟和酒精里。

夫妻俩的巡岛日志写得很有耐心，无人要求，全凭自愿，每半年写满一本。不识字的张佃成也被要求做记录——王继才让他每天巡岛后在空白页上端端正正地签名，这是他仅会的几个字。新来的3名民兵商量着要把这个好传统延续下去，他们拿起一本日志细读，其中出现最多的一句是："晚上4盏航标灯正常。"

32年的守岛生涯，让夫妻俩的心境与大部分人不同。"我们一出岛，看到外面的人潮会心慌，反倒是进岛成了很自然的事。"王仕花说，2009

年夫妻俩第一次受邀去南京录制电视节目，到了主办方安排的宾馆，却因不会乘电梯而走了好几层楼梯；王继才想去买包烟，却不知道该走过街天桥，只能望着车流，神色慌张……

夫妻俩守岛时也曾遭遇危险。比如一次发现偷渡团伙，这一团伙还试图以2万元封口费阻止王继才揭发，但王继才毫不买账。在岛上的日子，他曾向当地公安部门报告9起走私案，其中6起被破获。而更多的时间里，他们就像从岛上岩石里长出的草，慢慢从青绿色变成了锈红色。

5

王继才走后10多天，王仕花就向组织递交了继续守岛的申请。

她在丈夫离世后，显得异常坚强。除了应邀宣讲守岛事迹，她空闲时就在镇上的家中做家务。她说，有时做梦，会梦见王继才那只蜷曲的手臂——王继才生前在修码头时扛散沙，不小心弄伤了肩膀，一直没好好治疗，直到去世手也伸不直。

从岛上出来，不管是3天还是32年，都有"后遗症"。于我而言，那几日里我测量时间的方式由原来的看钟表变成了观天色。每天清晨5点便被呼啸的海风唤醒的我，上岸一周后也未能适应城市的作息。

于守岛32年的王仕花而言，开山岛几乎烙进了骨髓深处。比如，岛上缺水的生活让她养成了极度省水的习惯。我在王仕花镇上的家里，见她在饭后收拾碗筷时先拿一块抹布擦了桌子，又擦水槽，之后又用它擦了手，始终没有将抹布放到水龙头前再冲洗一遍。

不过，3天3夜，直至离开的那一刻，我依旧无法喜欢上王继才夫妇坚守32年的开山岛。临走那一刻，简直像一场逃离。

8月16日下午，本是我们一行计划的离岛时间。但受到台风天气影响，当日船无法上岛，我们的归期变成了未知数。众人归心似箭，彼此间话也少了。3位民兵已经上岛10天。在离岛的最后一天，他们和我一样有些不安，时不时来敲门问何时会有船过来。

岛上的艰苦，不管是初来者还是坚守者，谁又能感受不到？

我离岛的那天是8月18日，包师傅同样经历了一次有些危险的航行来接我们。浪打到船舱里，若不扶住船上的固定物，人实在无法站立。

好在，船来的时候，也带来了开山岛新的民兵、新的物资、新的生活格局：一个冰柜、一组垃圾箱、一些耐贮藏的新鲜蔬菜……

我离岛的时候，恰逢张佃成刚走完中午的巡岛路，正在水泥地上铺着的一块草席上小憩。"我们下去了，新的守岛民兵也上来了，您还留着吗？"我的头发被猛烈的海风用力吹打在脸颊上。张佃成回答："老王走了，守岛这件事，一任接一任，我等王仕花来替我。"

2018年8月，江苏省政府根据《烈士褒扬条例》第八条第一款第一项规定，评定王继才为烈士。或许，在王继才生前看来，他只是默默坚守着平凡的岗位。然而，在更多人看来，他在平凡岗位上书写了不平凡的人生华章。

王仕花说，等她腿疾好了，就回开山岛。"我想再多带带这些民兵，让他们和老王有同样的使命感，让他们也感受到小岛虽小，但很重要。"

这几天，王仕花梦中的王继才仍在守岛。他像平时一样对妻子说："走，我们去浇水除草……""走，我们去升旗……"而岛上的场景也如往常一般，海风猎猎、海浪滔滔、国旗飘飘。

（摘自《读者》2019年第1期）

孤忠者最后的大地

聂作平

这是文天祥一生中代价最昂贵的一顿饭。

中午，文天祥下令疲惫的队伍在一座小山坡上停下来。他坐在一张铺有虎皮的交椅上，才吃了几口，元军突然从天而降。他甚至来不及组织有效的抵抗，就与大批部下一起成了俘虏。

因为活捉了南宋丞相，那名元军将领也得以在历史上留下名字：千户王惟义。大概相当于今天的师长或团长。

为了纪念这顿不同寻常的午饭，后人在文天祥被俘的地方修建了一座亭子，取名方饭亭。至今，方饭亭还矗立于广东省海丰县一所中学校园内。亭子前，一块长条形的石碑上刻着四个遒劲的大字：一饭千秋。

被俘后，文天祥立即启动紧急预案：自起兵勤王与元军周旋以来，他身上就备有一种称为脑子的毒药。所谓脑子，是宋人对龙脑香的俗称。

龙脑香是一种高大乔木的树脂的提取物，又称冰片。

尽管文天祥火速吞服了二两脑子，却没能如愿自杀，只是接连拉了十来天肚子。对此，李时珍在《本草纲目》里有解释。他指出，服脑子自杀，得用热酒吞服。被俘的文天祥根本没法找到热酒，只好胡乱捧了几口水田里的污水。

既然自杀未果，文天祥决定活下去，慢慢寻找逃跑的机会。

然而，上天没有给他第二次机会。随着他离南中国海的涛声越来越近，他将悲哀地看到，他矢志效忠的大宋王朝如何坠入万劫不复的深渊。而他，他要从中国大陆尽头北上，行程五千多里，抵达燕山脚下的大都（今北京）。他将在百感交集中，最后一次行走于这片辽阔大地，像是为了与他热爱过的山河做一次漫长而悲怆的诀别。

绝望的人亲眼看着国家灭亡

亲临崖山之前，我曾多次想象，那片庇护过二十万南宋军民和几千条船只的水面，应该惊涛拍岸，横无际涯。然而，当我登高远眺，才发现想象与现实相去甚远：目力所及的远方，是一条几百米宽的大河，河面平缓，静水深流，几十条大大小小的船只在忙碌。至于大海，它还在山那边的远方。

近八百年的时光太过久远，不仅意味着将近四十代人的新陈代谢，也意味着山河面貌的巨大改变。比如我看到的这片水面，在文天祥的时代，的确能在高处望见江海相接的蔚蓝色大海。

那时候，珠江八大入海口之一的潭江，就在崖山附近汇入南海。入海前，丰沛的江水形成了一汪湖泊，称为银洲湖。银洲湖外，崖山和汤瓶咀山东西相峙，峭立于江尾海头，如同半掩半开的门，因而，人们将它称为崖门——那时候，写作厓山、厓门；后来，改为崖山、崖门。

文天祥出生于1236年。他出生前两年，崛起于北方草原的蒙古联合南宋，共同灭掉金国。在蒙古强大而金、宋弱小的情况下，三国鼎立或许还能对蒙古有所制衡；金国既灭，虚弱的南宋不得不独自面对虎视眈眈的蒙古。随着忽必烈灭大理，南宋从此陷入蒙古的南北夹击，国势愈发艰危。

1274年，也就是文天祥三十九岁那年，宋度宗去世，已于三年前建立元朝的忽必烈乘南宋国丧之机出兵，一路势如破竹。一年多以后，元军兵临南宋首都临安（今杭州）。在太皇太后谢道清主持下，后来被元朝封为瀛国公的小皇帝宋恭帝投降。两个月后，另一个小皇帝宋端宗在福州即位。过了两年，疲于奔命的宋端宗病死于广东湛江硇洲岛。随即，第三个也是最后一个小皇帝赵昺继位。这时候，原本就捉襟见肘的南宋已到了山穷水尽的地步，二十万不甘亡国的南宋军民在陆秀夫和张世杰的率领下辗转来到崖山。与硇洲岛不同，崖山更具地理上的优势。这一点，明代《崖山志》说："崖山在大海中，两山对峙，势频宽广，中有一港，其口如门，可藏舟，殆天险也，可扼以自固。"

在崖山，南宋军民伐木建屋，并为小皇帝和杨太后修建了一座名为慈元殿的行宫。一时间，小小的崖山一带，三千余座房屋连绵起伏，形成集市，史家把这时的宋朝称为行朝——相当于惨淡经营的流亡政府。

但是，志在消灭南宋的元军不会听任行朝继续存在。

文天祥被俘后，元军主将张弘范下令把他押送到自己驻扎的潮阳。其时，张弘范正在为进攻崖山做最后准备。当张弘范从潮阳赶往崖山时，特意把文天祥也带上了。

文天祥既是南宋丞相，又是状元出身；既是南朝最具人望的知名人士，也是抵抗运动的主要领袖。如果能让文天祥投降，并令其说服张世杰等人也放弃抵抗，必能起到事半功倍的效果。船队还航行于海上时，张弘范令手下逼文天祥写信劝降。文天祥的回答却是一首诗，那就是我们从小就耳熟能详的《过零丁洋》。

零丁洋地处珠江口外，包括从深圳到珠海的广阔海域，因内、外零丁两岛遥遥相对而得名。行驶在 G94 珠三角环线高速上时，不远处风平浪静的水面，就是心仪已久的零丁洋。那一刻，很自然地，我想起了文天祥，想起了他的敌人张弘范。他在读到文天祥那首诗时，也深为感动，连声说："好人，好诗。"

> 辛苦遭逢起一经，
> 干戈寥落四周星。
> 山河破碎风飘絮，
> 身世浮沉雨打萍。
> 惶恐滩头说惶恐，
> 零丁洋里叹零丁。
> 人生自古谁无死？
> 留取丹心照汗青。

感动归感动，张弘范却不可能因感动而对文天祥网开一面。恰恰相反，他要从精神上摧毁文天祥，以便文天祥为元朝所用。

1279 年农历二月初六，元军向宋军发动总攻。其时，为了备战，宋军已在张世杰的指挥下，烧毁才居住了几个月的房屋——包括小皇帝和太后的行宫，全体军民搬到几千条船上。这些船在江阔水深、受潮汐影响的潭江口，形成了一座雄伟的水上城市。

张弘范要让文天祥亲眼看到南宋的毁灭。他把文天祥押到他乘坐的大船上，从远处观看这场声势浩大的海战。涨潮时，元军战船随着海潮向崖门进攻，张世杰令人意外地没有坚守崖门，而是让战船排成一字长蛇对敌。

战斗无比惨烈，元军船上的文天祥痛不欲生。他眼睁睁地看到宋军溃败，士兵被元军杀死或被逼跳海。其时，陆秀夫护驾于帝舟中，帝舟比一般战船大，紧急间难以突围。陆秀夫知道最后的时刻到了，他先把自己的老婆孩子一一推下水，从容对小皇帝说："国事至此，陛下当为国死。"而后，他背负年仅七岁的赵昺跳进大海。张世杰突围后遭遇飓风，溺水而死。这样，宋末三杰就只剩身为俘虏的文天祥了。几天后，崖山海面浮出十余万具尸体，绝大多数是南宋军民。杨太后在听说小皇帝遇难的噩耗后，大哭说："我忍死艰关至此者，正为赵氏一块肉尔，今无望矣。"随即蹈水自尽。

我来到崖山附近的宋元海战旅游区时，人迹罕至，满坡龙眼挂着累累果实，在炎热的夏季风里等待成熟。翻过面向崖山的那面山坡，我找到了慈元庙。慈元庙，那是明朝时为纪念杨太后奉节尽忠，也是为纪念南宋军民这场惨痛遭遇而修建的。从慈元殿到慈元庙，尽管只有一字之差，却饱含着无数身逢国难者悲苦绝望的命运和后人滔滔无尽的兴亡之叹。

对这场发生在眼皮底下的亡国之战，文天祥的悲痛难以自抑，他先后有多篇诗文记录此事。他自陈："崖山之败，亲所目击，痛苦酷罚，无以胜堪。"当是时，他也想跳海，但被元军所阻。崖山战后，胜利者张弘范大摆宴席，再次劝降。他对文天祥说，你效忠的大宋已经灭亡了，作为臣子你该问心无愧了。你一心求死，可即便死了，又有谁记得你呢？如果你能像事大宋那样事大元，大元的丞相，非公莫属。

文天祥流着眼泪回答说，国家灭亡却不能施救，做臣子的简直死有余辜，哪还能为了偷生而事二主呢？商朝灭亡了，但伯夷叔齐义不食周粟，是为了尽到自己的忠义，绝不会因国家的存亡而改变。

张弘范听了，深为动容。对这个敌对阵营的高级官员，他竟生出强烈的同情与理解。以后，他不仅在生活上优待文天祥，还把与文天祥失散的仆人想方设法找回来，送到文天祥身边。更重要的是，他向忽必烈上书，详细说明不能杀文天祥的诸种理由。

得知文天祥不肯受降后，忽必烈感慨地说，谁家无忠臣。并下令把文天祥押往大都。

于是，便有了从南海到大都的漫漫征途。孤忠者，踽踽行走于他最后的大地……

死在故乡的人是幸福的

1279 年农历四月二十二日，张弘范派一个叫石嵩的军官负责押着文天祥，迈出了前往京师的第一步。

这支小小的队伍从广州北上，经英德、曲江，来到南岭脚下的韶关。这天晚上，文天祥借宿于韶关城外南华山中的南华寺。南华寺建于 6 世纪初的梁武帝年间，到文天祥时，已有七百多年历史。这座位于曹溪畔的古寺，更知名的是它曾作为禅宗六祖慧能的驻锡地。慧能圆寂后，肉身一直完好地保存于寺中。但文天祥惊讶而又伤感地获悉，元军南下灭宋的连年战争中，被信徒认为肉身成圣的慧能，竟然也被元兵"刳其心肝"。文天祥感叹："乃知有患难，佛不能免，况人乎？"

告别凋敝的南华寺后，文天祥进入横亘于广东与江西交界处的大山，那就是五岭中最东边的大庾岭。穿行于群山间的古道，既是沟通广东和江西的捷径，也是连接南粤与中原的古老通道。古道从大庾岭中的梅岭穿过，山的垭口建有险要的梅关。梅岭和梅关，都因唐代诗人张九龄凿山开路时广植梅树而得名。时值初夏，梅花早已开过，但季风从南海吹来的水汽，遇到南岭阻挡后化为连绵雨水。文天祥是江西人，走过梅关，也就由广东进入了江西。远行的游子回到故乡，却是以这种被押解的方式。风雨中的文天祥感慨万千，心绪难平，写下一首《南安军》。

> 梅花南北路，
> 风雨湿征衣。
> 出岭谁同出？
> 归乡如不归。
> 山河千古在，
> 城郭一时非。
> 饿死真吾志，
> 梦中行采薇。

从广州到南安军（今江西大余县），一路多是陆路，路途十分艰苦。到了南安军以后，发源于南岭北坡的赣江支流章水，能够通行小船，文天祥得以舍陆登舟。当然，弃陆路走水路还有另一个原因，那就是与南安军接壤的赣州，曾是文天祥做过官的地方；赣州更北的吉州，则是文天祥的老家。文天祥起兵抗元时，多次转战其间。因此，对江湖上盛传的宋军残部可能在途中劫走文天祥的传言，负责押送的石嵩颇为担心，他把文天祥秘密安排到一条小船上，悄无声息地顺流而下。

至于文天祥，正在着手实施翻越梅岭时就拟定的计划：绝食自杀。

文天祥计算过，如果从南安军开始绝食，那么七八天后，也就是他活活饿死时，客船正好沿着章水进入赣江后航行到故乡吉州（今江西吉安）。作为大宋王朝的孤忠之臣，文天祥最后的愿望是死在故乡，长眠于故乡温暖潮湿的红土中。

一个夏日的午后，满耳蝉唱中，我登上了始建于北宋的八境台。凭栏远眺，发源于武夷山的章水和发源于南岭的贡水在不远处交汇。交汇后，它们有了一个更响亮的名字：赣江。赣江开始的这座城市，就是赣州。

1274年春天，文天祥出知赣州。在这座水边的古城，他"平易近民，与民相安无事，十县素服威信"。公余，赣州众多的古迹是他登临纵目的好地方。八境台外，近在咫尺的郁孤台，因辛弃疾"郁孤台下清江水，中间多少行人泪。西北望长安，可怜无数山"的词句闻名遐迩。

萧条异代不同时。辛弃疾去世近三十年后，文天祥才来到人世。南宋初中叶的辛弃疾时代，尽管同样与金国划江而治，但恢复中原还不完全是梦想，辛弃疾也才有"马作的卢飞快，弓如霹雳弦惊。了却君王天下事，赢得生前身后名"的豪迈理想；到了文天祥时代，国事蜩螗，积重难返，不要说恢复中原，就连仅有的残山剩水也岌岌可危。而此时此日重回赣州，更是连自身也作了楚囚。因而，同样的山水，同样的城郭，同样的旧游之地，带给文天祥的，却是不可避免的感时伤遇。

> 满城风雨送凄凉，
> 三四年前此战场。
> 遗老犹应愧蜂蚁，
> 故交已久化豺狼。
> 江山不改人心在，
> 宇宙方来事会长。

翠玉楼前天亦泣，

南音半夜落沧浪。

阶下囚最大的悲哀在于，生固然不由你，就连死也不由你。文天祥绝食之初，押送他的元军并不太在意。几天后，他们担心这个闻名天下的钦犯若死在押送途中，他们必脱不了干系，遂想尽一切办法要文天祥吃喝。最后，他们把削尖的竹筒硬插进文天祥嘴里，从另一端灌下流质食物，弄得文天祥口舌受伤，满嘴是血。文天祥自忖绝食无法成功，再加上此时顺风顺水的小船已快驶离吉州，他决定中止绝食。既然不能死在故乡，那就只好活着。

文天祥的自杀未遂，让我想起陈子龙。明末文人陈子龙，同样遭逢外敌入侵的巨变。抗清中，他也做了清军的俘虏。当清军用船只押送他离开家乡松江时，绝望的陈子龙抱住看守士兵，一同滚进河里，以这种惨烈的方式如愿以偿地留在了故上。

从南安军经赣州到达吉州时，文天祥已绝食五天，"余虽不食，未见其殆"。赣江流到吉州，水量浩大而水流平缓，江中形成了大大小小的沙洲。其中，位于吉州城下那座最大的沙洲，名叫白鹭洲。那里，留下了文天祥青年时期孤灯夜读的记忆。

如今的白鹭洲如同多年来一样，古木参天，野花竞秀，林子里还藏着一所学校。白鹭洲上建学校的历史，可以追溯到文天祥时代。

1240年，文天祥还是五岁的孩子时，吉州知府江万里于白鹭洲创办书院，聘请宿儒欧阳守道为山长。十五年后，赣江春潮初涨时，二十岁的文天祥从家乡庐陵县富田镇来到白鹭洲书院，从欧阳守道读书。仅仅一年多后，文天祥便在科举考试中高中状元。并且，该科六百零一名进士里，吉州竟占四十四名，且大多数都出自白鹭洲书院。与文天祥同科

的进士，还有宋末遗民诗人谢枋得和与文天祥并称的陆秀夫。另值一提
的是，文天祥后来还成了一直欣赏他、奖掖他的欧阳守道的侄孙女婿。
至于同样欣赏他、奖掖他的江万里，文天祥将会在十八年后与他在长沙
再次相逢。那时，国家已经危若累卵，江万里也垂垂老矣，他一再告诫
文天祥："吾老矣，观天时人事，必当有变。世道之责，其在君乎，君其
勉之。"见面第二年，元军攻陷江万里居住的饶州，他跳入后花园水池自
尽。那方深潭般的水池，是他听说元军攻破军事重镇襄阳后令人挖掘的，
名曰止水。当时，"人莫谕其意"。等到他跳池后，他的儿子和左右也跟
着跳，以至"积尸如叠"。

当静卧于船上的文天祥透过船窗看到白鹭洲熟悉的漠漠烟树时，他是
否会想起年轻时在香樟树下与欧阳守道和江万里吟哦推敲的往事呢？

就在白鹭洲附近，一个老朋友悄悄摸到文天祥的船上。老朋友叫张毅
夫，不仅是老朋友，还同是吉州老乡。张毅夫性情耿介，文天祥身任要
职时，多次推荐他出来做官，张毅夫一律推辞不就。文天祥做了元军俘
虏，张毅夫却找上门来。他对文天祥说："今日丞相赴北，某当偕行。"

几个月前，和文天祥一同自广州出发，陪他前往北方的从者共有七
人，随着时日迁延，或死或逃，此时只剩一个叫刘荣的还跟在身边。而
真正能与文天祥声息相通、互相勉励，则只有同为俘虏的邓光荐。现
在，多了一个张毅夫。

踏上文天祥乘坐的小船，老友张毅夫一直紧紧相随。到达大都后，文
天祥被关押于兵马司狱中，张毅夫在附近租了房子，"日以美馔馈"，文
天祥才得以几年间从不吃元朝提供的任何食物。张毅夫为文天祥送了四
年牢饭，直到文天祥就义。此前，张毅夫悄悄制作了一只木匣子。文天
祥受刑后，张毅夫就用这只匣子细心收藏了文天祥的头颅，又想方设法

火化了文天祥的尸体。然后，他带着文天祥的遗骸回到吉安，交给文天祥的继子安葬。

吉安市富田镇一个叫虎形山的山谷里，青黛的林表传来阵阵鸟啼，我在那里找到了文天祥的陵墓。墓前，石俑静立；广场上，巨形文天祥雕像气度森严。我带着儿子，遥向这位先贤鞠了三个躬。

虽万千人，吾往矣

作别了魂牵梦萦的桑梓之地吉安，文天祥不像之前那么孤独了。他知道，慷慨赴死易，从容就义难。既然不能死在家乡，那死在其他任何地方也就没了区别。

日夜奔流的赣江一路喧哗北行，于星子县注入鄱阳湖。文天祥的小船也顺流北行，横渡了烟波浩渺的鄱阳湖后，来到庐山脚下的湖口，并由湖口进入长江。此时，故乡吉安早已远了，就连江西，也成永别。

六朝古都南京，是文天祥北行途中停留最久的地方。在那里，邓光荐因病躯沉重，被送往天庆观就医。文天祥也因几个月舟车劳顿，加上绝食而元气大伤。这样，文天祥在南京暂住了两个多月。

两个多月后，邓光荐继续留在南京，而文天祥必须北上。当执手作别时，他们都知道这既是生离，也是死别。邓光荐感叹时运不济，"水天空阔，恨东风，不惜世间英物"；文天祥则表示，"镜里朱颜都变尽，只有丹心难灭"。同样是在南京，两个囚徒还干了一桩十分风雅的事：邓光荐编定了他的诗集《东海集》，文天祥为诗集作序。

农历八月底的江南，菊黄蟹肥，当富于情趣的江南士人忙于登高把酒时，同为江南人的文天祥却不得不再次踏上路途。文天祥知道，只今一别，杏花春雨的江南，从此将恍如遥远的前世。驿站里，他留下两首泣血之作，其中一首这样写道：

> 草合离宫转夕晖，
>
> 孤云飘泊复何依？
>
> 山河风景元无异，
>
> 城郭人民半已非。
>
> 满地芦花和我老，
>
> 旧家燕子傍谁飞？
>
> 从今别却江南日，
>
> 化作啼鹃带血归。

文天祥从南京出发，经真州下扬州。在扬州，他结束了长江上的航行，转入运河，由东下而北上。此后，他将次第经过高邮、宝应、淮安、邳州、徐州、鱼台、济宁、宁阳、东平、陵县、献县、河间、保定、范阳，进而到达元朝首都大都。

这一路，依赖南北大动脉大运河，文天祥大多时候以舟代步。享国一个半世纪的南宋，拥有的是半壁河山，它先后与北方的金国和蒙古（元朝）对峙，长期以秦岭—淮河一线作边境。身为南朝人，渡过长江，尤其是进入长年征战的两淮地区后，眼前都是陌生而刺目的异国景象，"漠漠地千里，垂垂天四围。隔溪胡骑过，傍草野鸡飞"。至于征雁南飞，寒蛩夜唱，这对一个敏感的囚徒来说，都是无穷无尽的黍离之悲。总之，去者日以疏，来者日以亲，江南渐行渐远，如同崖山下沉入大海的故国。

与此同时，随着大都越来越近，文天祥也越加明白，逃脱已无可能。他的死志也更加坚定。因而，斯时的文天祥便有一种潜意识行为：他不断寻找精神上的知音与同道。沿途经过的地方，那些历史上涌现出的忠贞者、节烈者，不论男女尊卑，都带给文天祥一种异样的温暖。这种温暖，大抵缘于吾道不孤的欣慰。他不断写诗作文，以抒胸臆，以证大道。

微山湖之南的徐州，大运河横贯境内，自古就是交通要津。九月初九，古人遍插茱萸、登高饮酒的重阳节，风尘仆仆的文天祥解鞍少驻。在徐州，他寻访了城东的一座楼。这座楼叫燕子楼。

最初的燕子楼建于唐朝，是镇守徐州的节度使张愔为爱妾关盼盼所建。白居易和张愔是朋友，曾与关盼盼见过面，他笔下的关盼盼，"醉娇胜不得，风袅牡丹花"。张愔死后，关盼盼拒绝了众多求婚者，在燕子楼上度过了寂寞孤独的后半生。

对这些典故，饱读诗书的文天祥烂熟于胸。他登上燕子楼凭吊关盼盼。美人芳草，从来都是中国士大夫骨子里最深刻的隐喻，关盼盼为张愔守节不移，很自然地被文天祥比附为自己对大宋朝的满腔忠贞。他在徐州写下的《燕子楼》，与其说是对关盼盼的褒扬，毋宁说他在借关盼盼之酒杯，浇自家胸中之块垒。

> 因何张家妾，
>
> 名与山川存。
>
> 自古皆有死，
>
> 忠义长不没。
>
> 但传美人心，
>
> 不说美人色。

告别燕子楼九天后，文天祥抵达山东陵县，也就是今天的德州市陵城区。唐代时陵县是平原郡郡治所在地，而平原郡又和另一个如今人所皆知的名人有关，这个人就是书法家颜真卿。关于颜真卿，很多人只知道颜体，却不知道颜真卿本人也是忠贞之士。安史之乱前，颜真卿被贬平原郡，及至安禄山作乱，以为他乃一介书生，并没把他放在眼里。但颜真卿坚守孤城，有效地牵制了叛军。后来，李希烈作乱，颜真卿奉旨前去切责，被叛军所害。

行经颜真卿坚守过的陵县，文天祥必然想起这段尘封的往事。见贤思齐，更何况，在对前贤的缅怀与纪念中，还能获得一种精神力量的加持。为此，文天祥写诗感叹："乱臣贼子归何处？茫茫烟草中原土。公死于今六百年，忠精赫赫雷行天。"

另值一提的是，与颜真卿同样忠烈的，是他的堂兄颜杲卿。他在安史之乱中被叛军俘虏后押到洛阳，面见安禄山时，他瞋目大骂，为安所杀。后来，当文天祥被关押在大都狱中，他在他最知名的作品《正气歌》里，历数天地正气，把颜杲卿与博浪沙刺秦的张良、冰雪中持节的苏武和困守孤城的张巡等人相提并论。

1279年农历十月初一，文天祥终于被押送到了目的地：大都。

那是一个小雪后的早晨，残星在天，寒气逼人。文天祥骑在马上，听着村野小店传来的一声声鸡啼，一大早就上路了。当天，他们进入了自五代十国起就被少数民族占据的大都。这座气势萧森的北方重镇，自脱离中原汉族王朝之手，到文天祥时代已有三百余年了。

文天祥在会同馆的一间破屋里关押了五天后，被移送到兵马司狱中。对文天祥的态度，随着元朝君臣的威逼利诱而不断变化。但无论是"枷项缚手"，还是"供帐饮食如上宾"，都无从改变文天祥的意志。

此后四年间，也就是从四十三岁到四十七岁，文天祥的最后岁月都是在狱中度过的。北京东城区府学胡同有座文丞相祠，是明代洪武九年（1376年）在文天祥被囚地始建的，现在祠内有一棵相传为文天祥亲手种下的枣树。枣树倾斜向南，与地面约成四十五度角，似乎回应着主人的诗句"臣心一片磁针石，不指南方不肯休"。

接连不断的劝降几乎是家常便饭：从在京的南宋君臣到元朝高官，走马灯似的充当说客。这中间，值得一说的有两次。

其一是此前降元的宋恭帝。宋恭帝来到牢房，还没开口说话，文天祥已经口称陛下哭拜于地，宋恭帝只得尴尬地打道回府。文天祥就义六年后，宋恭帝被打发到西藏学习佛法。此后几十年里，他竟成为一代佛学大师，出任萨迦寺总管。但五十三岁那年，因一首怀念故国的小诗被元朝斩首。

其二是平章政事阿合马。平章政事相当于副丞相，是从一品的高官。此人把文天祥招到馆驿中，倨傲上坐。哪知文天祥见到他，"长揖就座"。然后，二人之间有这样一段对话。

> 阿合马：你知道我是谁吗？
>
> 文天祥：听人说是宰相来了。
>
> 阿合马：既然知道我是宰相，为什么不下跪？
>
> 文天祥：南朝宰相见北朝宰相，为什么要跪？
>
> 阿合马：你为什么到了这里？
>
> 文天祥：南朝如果早日起用我为宰相，北朝军队没法打到南方，我这个南朝宰相也不可能到北方。
>
> 阿合马回顾左右说，此人生死由我定。
>
> 文天祥：亡国之人，要杀便杀，说什么由你不由你。

一番针锋相对后，原本趾高气扬的阿合马只得默然离去。

元朝迟迟没杀文天祥，一方面是包括忽必烈在内的元朝君臣，都对文天祥的忠贞抱有程度不一的敬意；另一方面，灭宋的元军统帅张弘范，多次向忽必烈上书，要求善待文天祥。1280年，张弘范于四十三岁的壮年去世，病危之际，犹自关心押在土牢中的文天祥，并最后一次向忽必烈建议：文天祥忠贞不贰，千万别杀。

非常具有讽刺意味的是，文天祥虽然最终被元朝处决，但真正促使元朝这样做的，不是元朝君臣，而是文天祥曾经的同僚。从这一角度上说，文天祥不是死于敌人之手，而是死于同胞之口。

向元朝投降的南宋君臣中，有一个叫留梦炎的。1244年，文天祥九岁时，比他长十九岁的留梦炎金榜题名，像后来的文天祥一样，他也高中状元。

状元出身意味着前途无量，留梦炎迅速做到了位极人臣的丞相兼枢密使。但是，当元军南下时，他非常识时务地选择了投降。

文天祥在狱中的最后一年，由于长期关押，屁股上长了一个恶疮，"平生痛苦，未尝有此"。他的几个前同事王积翁等人联名向忽必烈上奏，请求释放文天祥，把他安排到道观做道士。文天祥也表示接受这种安排。

但是，忽必烈还在犹豫之际，留梦炎却坚决反对，他说："天祥出，复号召江南，置吾十人于何地。"表面看，他怕文天祥以做道士为借口出逃，以后再次兴兵抗元，那样，他和王积翁等人就会受牵连；其实，他更深层的想法在于，文天祥的孤忠耿耿，更加反衬了他的望风而降。有文天祥的名垂千古，就必有他的遗臭万年。因而，这个状元容不得那个状元，这个前丞相容不得那个前丞相。

1282年农历十二月初八，忽必烈亲自召见文天祥，他还想做最后的努力。但是，面对他开出的只要文天祥投降，就任命为中书宰相或枢密使的条件，文天祥断然拒绝。末了，忽必烈无奈地问："汝何所愿？"文天祥对曰："愿与一死足矣。"

次日，文天祥在大都城南柴市引颈就戮。刑前，他面南而拜，大声说:"臣报国至此矣!"

对文天祥之死,元朝人感叹说:"宋之亡,不亡于皋亭之降,而亡于潮阳之执;不亡于崖山之崩,而亡于燕市之戮。"

文天祥求仁得仁,死而无憾。其时,距南宋灭亡四年有奇。天道周星,物极不反,崖山口外那十余万溺水的亡魂,已随着故国的烟消云散而渐行渐远。

(摘自《读者》2018 年第 23 期)

阳早寒春

于　清

1

　　很多人可能不知道，早在战火纷飞的 20 世纪 40 年代，就有一些外国友人长期工作和生活在延安。阳早与寒春就是其中两位。

　　先进入延安的是阳早。

　　阳早出生在美国纽约州一个贫苦的农民家庭里，因自小过惯了农场生活，他天然地对动物有种亲近感，尤其喜欢养牛。上大学时，他一开始学的是医学，但很快就转到了康奈尔大学农学院。1941 年 5 月，阳早学完他觉得对养牛有帮助的所有课程后，就休学回家养牛务农。

　　农场工作繁重，周末，阳早大学时的好友韩丁会前去帮忙，偶尔他还带着姐姐韩珍和妹妹寒春一起去。韩珍当时在农业安全管理局工作，闲聊时她总会告诉他们一些世界上正在发生的新鲜事，还会带去一些进步书籍。几个年轻人一起阅读、争论，乐在其中。

1945 年，中国抗日战争已进入决胜阶段。阳早迫切地想要投身到革命的浪潮中去。斯诺在《红星照耀中国》中展示的另一个世界——延安，一直在阳早的脑海中盘桓，他决定去中国看看。

1946 年，阳早以联合国善后救济总署工作人员的身份前往上海。

下飞机后，一个完全陌生的世界展现在他的眼前：灾荒严重，街道边、村庄里到处都是难民、乞丐；不少人伏倒在路边奄奄一息，甚至默默死去——不是因为没有救济粮，而是官员们极度腐败，扣留救济粮以获取暴利。阳早眼看无可作为，干脆辞去了救济总署的工作，直奔延安。

到了延安，阳早被安排在光华农场。让阳早欣喜的是，农场里有 30 多头荷兰奶牛。重操旧业的阳早每日卖力地工作，闲暇时，他还认真学习中文，很快就融入了当地生活。

1946 年年底，党中央得到胡宗南部队要大举进攻延安的消息，紧急安排全城疏散。一天夜里，听到袭击警报，所有人火速行动，阳早他们赶着驴走在最后。不料，一头驴在过河的时候受了惊吓，发疯似的把背上的东西甩下河，掉头便往上游跑。阳早二话不说，跳进冰冷的河水里抢救包裹。

依靠侦查员送来的消息和沿途村民的帮助，他们躲过了敌军一次又一次的袭击，从陕西一路走到河北，后又返回陕甘宁边区。这趟艰辛又漫长的旅程，带给阳早极大的震撼。他迫切地想把这一切告诉在美国的朋友，他骄傲地在信中说："同样是问路，我们问，老百姓带着我们走，'白军'问，老百姓就不告诉他们，事后还偷偷给我们送信。我们的待遇就是这样的。"

就这样，一封又一封信，飞到了大洋彼岸的寒春手里。

和阳早不同，寒春的家境极其优越。母亲卡玛丽塔·辛顿是美国男女同校寄宿制高中的创始人，父亲是专利律师。数学家乔治·布尔，测量专家乔治·埃佛勒斯，以及文学经典《牛虻》的作者艾捷尔·丽莲·伏尼契都是她的家族成员。

寒春热爱自然科学，大学就读于物理系，专攻核物理方向。因学术成果出色，"二战"期间，寒春被召集加入"曼哈顿工程"，参与美国第一颗原子弹的研制。

阳早的来信无疑让寒春看到了另一种可能性。阳早在信中言辞急切地劝她："你快来看看中国翻天覆地的变化，来晚了就错过末班车了！你那个物理研究，什么时候搞都不迟。"在阳早的多番催促下，寒春终于下定决心，离开了美国。

1948 年，寒春历经 18 天的海上颠簸到达上海，又几经波折，在宋庆龄的帮助下向延安进发。一路上，寒春激动不已，放声高歌。

一别三年，两个人乍一看彼此已经有些陌生的脸，怔了一下。寒春率先向阳早大步走过去，出人意料地朝着他的肩膀就是一记重拳，阳早也回击了一拳。

就这样，阳早与寒春在延安喜结良缘。

2

1949 年，组织上分派寒春、阳早和其他几个同志到北边开拓新农场。几经跋涉，牛拉的大篷车载着他们来到内蒙古的城川，他们在这里建立了"三边农场"。

内蒙古草原上的风景美不胜收，放眼望去，连绵起伏的山包和漫无边际的旷野让人心旷神怡。初到当地时所见的一幕，深深地刻在寒春的记忆里，46年后的1995年，她还把那一幅场景用电脑画出来，打印后寄给儿子。

但回归具体生活，他们遇到的困难比在陕北时还要多。在内蒙古，昼夜温差大，且冬季漫长，晚上睡觉时，只有炕上是暖和的，屋子里冷得像冰窖，毛巾挂起来，不到10分钟就冻硬了。这里蔬菜很少，只有白菜和苦荞菜。

这里的工作也很难展开，经历了一系列挫败后，寒春意识到，要先和蒙古族邻居们交上朋友。她以请教如何制作奶酪和奶油为由，接触了住在附近的嘎拉。她们一起做奶油、骑马、拜访朋友，嘎拉搬家，寒春挑着扁担帮她运东西……她们很快就亲密起来。

蒙古族人祖祖辈辈依靠天然食物喂养牲畜，经过几个世纪的放牧，当地牧场已经相当贫瘠。阳早和农场员工想办法种植玉米和新品种牧草，改善冬季饲料严重不足的状况。他们还用优良种羊提高本地绵羊产毛的数量和质量，用大型驴、荷兰奶牛与当地牲畜配种。慢慢地，良种繁殖的观念被牧民接受，牲畜群体逐渐扩大。

1952年，寒春生下了她和阳早的大儿子阳和平。就在这时，组织安排他们俩去西安东郊闫庄奶牛场工作。在闫庄奶牛场，阳早担任副厂长，寒春负责奶牛的日常照料工作，记录每天的数据，监督巴氏杀菌的执行。

3

辗转几地，物资匮乏一直伴随着阳早和寒春，但他们都是那种对物质生活没有多少要求的人。阳早32岁生日时，寒春用泥土精心做了一个"蛋糕"，插上一根根小木棍当蜡烛，送给阳早。阳早觉得很开心，把"蛋糕"捧在手里翻来覆去地打量。

唯一的困扰是缺医少药。有一次阳早牵马时，胳膊被拉脱臼了，但因为没有条件医治，他只好忍着剧痛自己扭动胳膊复位。从此，阳早的胳膊再也举不过头顶。

"文革"开始后不久，北京的同志去看望阳早和寒春，邀他们去北京做英文译校工作。在当时的情形下，这么做也是为了保护他们。到北京后，寒春被分配在对外文化联络委员会工作，享有"外国专家"待遇；阳早则被分配到电影发行放映公司。后来，周恩来总理委托外交部部长黄华看望阳早和寒春，问他们对今后的工作有什么打算，两个人强烈地表达了希望回到劳动生产一线的想法。于是，他们被安排到了农业部门。

1972年秋天，阳早和寒春搬到了北京红星公社。他们又找回了曾经的激情，一头扎进农具改进和技术革新中。寒春着手设计了牵引式青饲收割机，不久又设计出挤奶机，使公社彻底告别了手工挤奶方式。

1979年，农机院聘请阳早和寒春为技术顾问。他们带技术人员去美国考察农场的机械化情况，同行的关海令回来说："阳早和寒春熟悉机械，考察团收获很大；但在生活方面也太艰苦了，有置装费不做衣服，有住宿费不住宾馆，只去公园住一晚上1美元的帐篷，过得跟难民似的。省下的钱他们全用来买机械零部件了，还有剩余的回国全部上交了。"

但这样俭省到极致的两个人，后来却把自己多年的积蓄拿出来，利用回美国探亲的机会，购买高产优质奶牛胚胎，用于改良中国奶牛种群品质。

20世纪80年代，阳早和寒春一直在农场进行技术改造，试制了管道挤奶设备；又领衔推进"奶牛场成套设备研制、牛场设计和中间试验"项目，经过5年的辛勤工作，最终把中国在这一领域的技术水平向前推进了一大步。其中寒春设计的冷却奶罐，更是填补了国内技术空白。这些设备在中国农机院沙河试验站运行了30年，直到2016年还在使用。

4

改革开放后，社会环境有了一些变化，对于市场经济中出现的一些负面现象，阳早和寒春很不理解。早年在延安的生活，那里的人和事，塑造了他们的人生观、价值观，这种信仰伴随了他们一生。面对新时代出现的新问题，他们的坚持与狷介显得珍贵而稀有。他们曾带头反对将试验站土地卖给开发商建高尔夫球场，反对"农业技术转让，谁有钱卖给谁"的做法。

从1992年起，阳早的身体状况就不太好了，还做了心脏手术。2003年12月25日，阳早因严重的肺部感染，在北京协和医院过世。寒春让工作人员买了最便宜的骨灰盒，把阳早的一部分骨灰埋在位于北京北郊的中国农机院试验站奶牛场的草地下面。

2010年6月8日凌晨，寒春因腹部剧痛入住北京协和医院急诊室，经抢救无效去世。她留有遗嘱，去世后不搞任何悼念活动。

孩子们商量，陕北是父母的第二故乡，正是在那个地方，两个人开始了扎根中国、奉献农学的一生。最终，他们决定把父母的一部分骨灰合葬在陕北和内蒙古交界处的鄂托克前旗的广袤草原上。

杨振宁是寒春在美国时的同窗、工作伙伴、好友，寒春学到的第一句中国话"这是一支铅笔"，就是杨振宁教给她的。当时，寒春决意前往中国，也是杨振宁开车送她去车站的。

寒春曾是物理学界一颗耀眼的新星，用杨振宁的话说："费米作为原子弹研制工作的技术掌门人，做的非常重要的一件事就是测量原子铀的临界质量，那个临界质量，就是费米和寒春测量出来的。"但最终，寒春选择在中国这片土地上做一名农牧技术员。

寒春，原名 Joan Hinton（琼·辛顿）；阳早，原名 Sid Engst（希德·恩斯特）。在阳早来中国的那一年，著名爱国记者羊枣被国民党杀害，于是他在友人的建议下取其谐音"阳早"为名，以作纪念。当年进入延安的时候，他们是"外国人""大鼻子"，及至晚年生活在北京，他们被人叫作"老阳""老寒"，没有什么比这更能说明问题的了。

2004 年，83 岁的寒春获得了在中国的永久居留许可，成为第一个拿到中华人民共和国"绿卡"的人。接受记者采访时，她说："我不后悔来到中国。"

（摘自《读者》2022 年 12 期）

自知与自胜

骆玉明

"知人者智，自知者明。胜人者有力，自胜者强。"老子《道德经》中这两句简短的格言，关系到人类生活中两个极其重要、古老而常新的问题。

先说"自知"。老子把"知人"和"自知"做了简明扼要的判别。所谓"知人者智"，是说了解他人，乃是智慧和能力上的表现；"自知者明"，是说了解自己，才是内心明澈的表现。换言之，必须克服某种障碍，才有自知的可能，否则，再多的智慧也不足以自知。

自知的障碍何在呢？老子没有再深入说下去。不过，在现代心理学的研究中，这个问题受到很大的重视，留下了极其丰富的资料。我们简化来说，就是人都有自我肯定的需要，这种需要同冷静的自我认识形成冲突，导致自我认识的能力不能发挥作用。

举一个日常生活中的例子：一位女性买了一件质次而价高的衣服，她其实已经很后悔了。但是，当别人指出这一点时，她却很反感；若有人说这件衣服其实还不错，她会自然地生出赞同。并不是她喜欢这件衣服，而是她不能够承认自己做了愚蠢的事情。再说西楚霸王项羽的故事，其实本质上也相通。项羽败于垓下，反复地说这么一句话："此天亡我也，非战之罪！"他能够笑对死亡，却不能够承认自己在政治和军事等方面不及刘邦。司马迁对项羽颇多同情，但对他的至死不悟，归罪于天，仍然指斥道："岂不谬哉！"

出于自我肯定的需要，人们常把理想的自我当作事实的自我，沉浸在虚幻的满足中。北朝颜之推的《颜氏家训》中引了一则故事，说并州有一士族子弟，好作诗赋，浅陋可笑。旁人有意嘲弄，虚辞赞美，他却信以为真，大摆酒宴，招延声誉。他老婆流泪苦劝，叫他不要出洋相，此人长叹说："才华不为妻子所容，何况行路！"这是个极端化的例子，但那种因为毫无根据的自负，而丧失真实地看待自己的能力的人，在我们每个人周围都不难看到。也许在不同程度上，我们自己也有这样的毛病。

牵涉到权力和利益的分配时，普遍的现象是，每个人都觉得自己应该占有较大的一份。倘因此而发生冲突，人们总是倾向于把过失归于他人，而认为自己有充分的理由。所谓"公平"虽是人所公认的原则，但在具体的事情中，许多人只承认符合自己需求的状态才是公平的。

关于"自知"的问题，可以有说不完的话。但仅通过以上简单的解析，我们也能够明白：在自知面前，有一层"自障"，所以老子说"自知者明"。其实，要达到自知，从道理上说也很简单：把"自我"与"他人"放在同等地位上看待，如此，用于"知人"的智慧和能力，也将在"自知"上发生同样的作用。只不过道理虽简单，要做到却实非容易。

再来说说"自胜"。顾名思义就是克制、战胜自我。老子也把"胜人"和"自胜"做了简明扼要的判别。"胜人有力",这很容易明白：能否战胜别人，完全看力量对比，力量大的便能取胜。战胜自己却不是表面的力量所能做到的，它需要一种内在的、根本意义上的强大。"自胜"比"胜人"更困难，是因为我们自身的人格缺陷以及恶劣的习性，都是根深蒂固的东西，是"自我"的构成因素。一个人性格暴躁，并不是他要这样，而是暴躁已经成为他对自己不满意的事物的自然反应。

《世说新语》中记载王述的故事，说王述吃煮鸡蛋，用筷子刺，不得，便发火把鸡蛋抓起来扔到地上；鸡蛋在地上团团转，他看了更气愤，于是用脚去踩；踩不着，大怒，索性从地上捡起鸡蛋放在嘴里嚼碎，再把它吐掉。这个故事把人受情绪支配的情形，描绘得淋漓尽致。当然，自胜虽然困难，但终究还是可能的。归根结底，人毕竟是理智的动物，能够塑造自己的人格。只是这种人格培养，需要很强大的内在力量罢了。

在另一种意义上，"自胜"可以理解为：在自我与他人的关系中，不必把注意力放在如何压倒别人、把自我与他人置于对抗的位置，而只需要关心如何发展自己、完善自己。这一层意义与前面所说的意义，其实是同一件事情的两面。人必须战胜自我的人格缺陷，才能谈得上发展和完善。

一般人说"胜"的时候，总是盯着某个对手，老子则认为这至多只能达到相比较的"有力"，而不能达到真正的"强"。"自胜者强"，这是一种更高层次上的"胜"，也可以说是不胜而"胜"。在生活中我们确实可以看到：一个真正强大的人，不需要说自己胜过什么人；不把他人看作对手，人们自然而然地会承认他、尊重他。

老子所说"自胜"的道理，不仅适用于个人，同样适用于民族、国家。一个民族、一个国家，与其追求"胜人有力"，不如追求"自胜者强"，后者才是真正的、根本的"胜"。"五四"前后，以鲁迅为代表的先进知识分子，以激烈的态度攻击中国的所谓"民族劣根性"，以警醒国人，求得自救，也正是看到了这一点。

（摘自《读者》2021 年第 2 期）

东京审判中的座次之争

王祖远

　　远东国际军事法庭是根据 1945 年 7 月中、美、苏、英四国敦促日本无条件投降的《波茨坦公告》，对战犯"将处以法律之裁判"的承诺设立的，除庭长外，还有中、英、美、加等十一国的法官。作为"世界四强"之一的中国，派出拥有芝加哥大学法学博士学位的四十二岁法官梅汝璈。

　　法庭开庭前，十一名法官齐集东京，只有一人比梅汝璈年轻。为此，梅汝璈一到东京便蓄起上唇胡须，并因此被各国记者称为"小胡子法官"。到齐之后，大家首先关注的是法庭上的座次。庭长，业经盟军最高统帅麦克阿瑟指定，由澳大利亚德高望重的韦勃法官担任。庭长当然居中座，庭长右手的第一把交椅似乎已属美国法官，庭长左手的第二把交椅属于谁呢？法官们各执一词，展开热烈讨论。

　　当时的中国虽号称"世界四强"之一，可国力不强。"若论个人之座位，我本不在意。但既然我们代表各自国家，我还需请示本国政府。"梅汝璈的头一句话就让人吃惊，若法官们各自请示本国政府，何时才能讨论出个结果来？梅汝璈接着说，"另外我认为，法庭座次应按日本投降时各受降国的签字顺序排列才最合理。首先，今日系审判日本战犯，中国受日本侵害最烈，而抗战时间最久，付出代价最大。因此，有八年浴血抗战历史的中国理所应当排在第二。其次，没有日本的无条件投降，便没有今日的审判，按各受降国的签字顺序排座，实属顺理成章。"梅汝璈说到这里略一停顿，微微一笑说，"当然，如果各位同人不赞成这一办法，我们不妨找个体重测量器来，然后以体重之大小排座。体重者居中，体轻者居旁。"

各国法官忍俊不禁。庭长韦勃笑着说："你的建议很好，但它只适用于拳击比赛。"

梅汝璈回答："若不以受降国签字顺序排座，那还是按体重排好。这样，纵使我被置末座亦心安理得，并可以此对我的国家有所交代。一旦他们认为我坐在边上不合适，可以调派另一名比我肥胖的人来替换我。"他的回答引得法官们大笑。

开庭前一天预演时，庭长突然宣布入场顺序为美、英、中、苏、法、加……梅汝璈立即对这一决定表示抗议，并随即脱去黑色法袍，拒绝登台"彩排"。他说："今日预演已有许多记者和摄影师在场，一旦明日见报便是既成事实。既然我的建议在同人中并无很多异议，我请求立即对我的建议进行表决。否则，我只有不参加预演，回国向政府辞职。"庭长召集法官们进行表决。最后，预演推迟了半个多小时，但入场顺序和法官座次已按日本投降书各受降国的签字顺序美、中、英……——排定。

1946年5月3日，远东国际军事法庭宣布开庭，在摄影机、照相机的灯光照射下，十一国法官依次登上审判台，梅汝璈为中国争得了法官席上的第二把高背座椅，也为中国在国际舞台上争得了地位和荣誉。

（摘自《读者》2017 年第 18 期）

怀旧的成本

韩少功

　　房子已建好了，有两层楼，七八间房，一个大阳台，地处一个三面环水的半岛上。由于我鞭长莫及，无法经常到场监工，断断续续的施工便耗了一年多时间。房子盖成了红砖房，也成了我莫大的遗憾。

　　在我的记忆中，以前这里的民宅大都是吊脚楼，依山势半坐半悬，有节地、省工、避潮等诸多好处。墙体多是由石块或青砖砌成，十分清润和幽凉。青砖在这里又名"烟砖"，是在柴窑里用烟"呛"出来的，永远保留青烟的颜色。可以推想，中国古代以木柴为烧砖的主要燃料，青砖便成了秦代的颜色、汉代的颜色、唐宋的颜色、明清的颜色。这种颜色甚至锁定了后人的意趣，预制了我们对中国文化的理解：似乎只有在青砖的背景之下，竹桌竹椅才是协调的，瓷壶瓷盅才是合适的，一册诗词或一部经传才有着有落、有根有底，与墙体神投气合。

青砖是一种建筑的象形文字，是一张张古代的水墨邮票，能把七零八落的记忆不断送达今天。

两年多以前，老李在长途电话里告知我："青砖已经烧好了，买来了，你要不要来看看？"这位老李是我插队时的一个农友，受我之托操办我的建房事宜。我接到电话以后利用一个春节假期，兴冲冲地飞驰湖南，前往工地看货，一看却大失所望。他说的青砖倒是青色的砖，但没有几块算得上方正，经历了运输途中的碰撞，不是缺边，就是损角，成了圆乎乎的渣团。看来窑温也不到位，很多砖一捏就出粉，就算是拿来盖猪圈恐怕也不牢靠。

老李看出了我的失望，惭愧地说，烧制青砖的老窑都废了，熟悉老一套工艺的窑匠死的死、老的老，工艺已经失传。

老工艺就无人传承了吗？

他说，现在盖房子都用机制红砖，图的是价格便宜、质量稳定、生产速度快，凭老工艺自然赚不到饭钱。

建房一开局就这样砸了锅，几万块砖钱在冒牌窑匠那里打了水漂。我记得城里有些人盖房倒是采用青砖，打电话去问，才知道那已经不是什么建筑用料，而是装饰用料，撇下运输费用不说，光是砖价本身就已让人倒抽一口冷气。我这才知道，怀旧是需要成本的，一旦成本高涨，传统就成了富人的专利。

我曾说过，所谓人性，既包含情感，也包含欲望。情感多与过去的事物相连，欲望多与未来的事物相连，因此情感大多是守旧，欲望大多是求新。比如一个人好色贪欢，很可能在无限春色里见异思迁——这就是欲望。但一个人思念母亲，绝不会希望母亲频繁整容，千变万化。就算母亲在手术台上变成个大美人，可那还是母亲吗？还能唤起我们心中的记忆和心疼吗？这就是情感，或者说，是人们对情感符号的恒定要求。

这个时代变化太快，无法减速和刹车的经济狂潮正快速铲除一切旧物，包括旧的礼仪、旧的风气、旧的衣着、旧的饮食以及旧的表情。从某种意义上来说，这使我们欲望太多而情感太少，向往太多而记忆太少，一个个都成了失去母亲的文化孤儿。然而，人终究是人。人的情感总是会顽强复活，不知什么时候就会有冬眠的情感种子破土生长。也许，眼下都市人的某种文化怀旧之风，不过是商家敏感地察觉到了情感的商业价值，迅速接管了情感，迅速开发着情感，推动了情感的欲望化、商品化、消费化。他们不光是制造出了昂贵的青砖，而且正在推销昂贵的字画、牌匾、古玩、茶楼、四合院、明式家具等，把文化母亲变成高价码下的古装贵妇或皇后，逼迫有心归家的浪子们一一埋单。对于市场中的失败者来说，这当然是双重打击：他们不但没有实现欲望的权利，而且失去了情感记忆的权利，只能站在价格的隔离线之外，无法靠近昂贵的"母亲"。

（摘自《读者》2017 年第 3 期）

冬凉夏暖看逻辑

傅君琳　郑少雄

　　长久以来，我们都生活在错综复杂的世界里，主动或被动地接受着无数的信息，有的可以带来些收获，有的却会混淆视听。事情的脉络与原委，通常在汹涌的舆论浪潮中变得真假难辨。那么我们该如何保持理性的思考，如何在众说纷纭中不迷失自己？

1

　　因为冬天冷，所以夏天热。这听起来好像有点道理。冬天冷，夏天热，这是大家都能体会到的事实。但是，若给它们加上一个因果关系，就显得有些奇怪了。

　　当我们接触某些信息时，很容易会去思考其背后的原因，然后做出假设，构建可能的因果关系。比如今天不幸拉了肚子，而昨晚正好在一家新餐厅就餐，那你自然而然会怀疑是食物的原因；早上拉开窗帘发现地面潮湿，昨天又比较闷热，那多半是昨晚下了雨。需要注意的是，像"尝试新食物"与"拉肚子""下雨"与"地面潮湿"这样的事件非常多，但并不是只要两件事有关系，就一定是因果关系。

除了直接的因果关系外，两个单独事件 X 和 Y 都可能会受到另一个因素的影响。这个因素叫作混淆变量，顾名思义，它的作用就是混淆。在实际生活中，它往往不容易被人们发现。人们通常只会观察到 X 和 Y，然后就将其归为直接的因果关系。举个神奇的例子：X 是雪糕销量，Y 是溺水人数。数据表明，雪糕销量越高，溺水人数也越多，似乎吃雪糕与溺水之间存在着必然的因果关系。事实上，这里存在一个混淆变量——季节。夏天，天气非常热，雪糕的销量自然就会上升，同时去游泳的人也会增多，于是溺水人数上升。换句话说，夏天的到来会造成后面两个结果，但是这两个结果之间并不存在必然的因果关系。

这个混淆变量的例子倒还不会直接影响我们的认知。我们再看这样一个例子：数据表明，收入越高，患疾病的风险越大。你会觉得，收入越高，生活水平越好，对健康和医疗也越重视，怎么还会增大患病风险呢？这次，背后的混淆变量是年龄。通常来说，收入会随着年龄增长而升高，患病风险也会随着年龄增长而增大，于是我们观察到的现象就是收入越高患病越多。同样，这两个结果之间是不存在因果关系的。所以，下次看到"震惊！越……越……"这样的标题时，就可以先考察一下它们之间到底是否存在因果关系，以免被混淆变量扰乱视听。

X 和 Y 之间可能存在复杂的多重关系，包括间接因果、混淆变量等。生活中有很多事都归属此类，比如付出与回报——付出越多，回报就越多吗？获得回报是否会激励继续付出呢？在学习、爱情及事业上，都有很多类似的问题，值得深思。

我们经常会读到这样的励志短文——以"从前有位贫苦的年轻人……"开头，然后讲述他的一些耐人寻味的小故事，最后以"他，就是当今××公司的CEO×××"结尾。他年轻时的小故事与后来的成功，真的有很强的因果关系吗？其实，这些往往只是和成功共享了一些影响因素。

总之，因果关系并不是随随便便就能得出的，两个事实之间可能存在间接因果关系，也可能存在混淆变量，还可能有更复杂的关系。难点与要点在于形成清晰的分析逻辑，不被所谓的"证据"所迷惑，构造谨慎全面的思维体系。

2

也许是出于好奇，也许是为了在不确定的未来寻求安全感，人类倾向于从已知的事实中提炼出更有价值的信息，得出想要的结论。遇到问题时，除了从因果面分析，有时候还会从事实反面思考、逆向思考、替换思考。

常见的方法是，考虑情况的互补性，然后进行逻辑推理。

我们看看这道常见的脑筋急转弯：王师傅是卖鞋的，一双鞋进价20元卖30元，"五一"节8折优惠，顾客来买鞋给了一张100元。王师傅没零钱，于是找邻居换了100元零钱。事后邻居发现钱是假的，王师傅又赔了邻居100元。请问王师傅一共亏了多少？

这道题常常被冠以"一道看你是否具有商业头脑的题""100人中99人

会算错"之类的标题，关键的难点是王师傅和邻居之间的交易带来的干扰。

从邻居的角度分析，邻居不赚不亏。因此，盈亏只发生在王师傅和顾客二人身上。要算王师傅一共亏了多少，最简便的方法是：考虑"亏"的互补面——"赚"。这个情节里只有顾客赚了，因此，问题就等同于顾客一共赚了多少钱。很明显，顾客收到了 $100 - 30 \times 0.8 = 76$ 元的真钞以及一双市场价值 $30 \times 0.8 = 24$ 元的鞋，因此王师傅总共亏了 $76 + 24 = 100$ 元。

这个方法是基于"王师傅亏损＝顾客赚取"的事实，也就是说，在"王师傅亏损"这五个字中，我们将"王师傅"替换为"顾客"，再将"亏损"替换为"赚取"，最后的结果和原来是等价的。从反面出发，看似复杂的问题一下就变得清晰起来。

不过，如果把"今早我吃了饭"中的"今早"换为"昨晚"，"吃了"换成"没吃"，就变成"昨晚我没吃饭"，可能就不符合事实了。若将"冬天冷"里面的"冬天"换为"夏天"，"冷"换成"热"，变成"夏天热"，则又非常符合事实。

因此可以看出，选择一些反面情况去替换，可能符合也可能不符合事实，但可以给我们提供一些思考的方向——如果事实是"人民币升值会带动境外消费"，那么就可以思考"人民币贬值会削减境外消费""外币升值会带动境内消费"的论述是否成立，由此也有了许多探索的方向。日常生活中我们也常常这么想：期中考得很难，期末会不会比较简单；这家店口碑不太好，隔壁那家可能会好一些。虽说替换后的论述不一定成立，但多一种思考的方式，就会多想到一种可能的结果，考虑问题也会变得更加周全。

在当今的互联网时代，发表声音的成本很低，扩散声音的途径多样，要些花招就可以博取关注度。再加上网络身份与真实身份的隔断性，隔着一层屏幕，仿佛也多了一层盾牌。身为信息接收方的我们，很多时候不能作为当事人去触碰事实真相，只能透过媒体的屏蔽与加工，看到那些主观意味浓、真假难辨的消息。

因此，在这样嘈杂的环境中，保持理智、保持清醒就变得尤为重要。看到那些"惊！真相竟然是……"之类的标题，不如多想一想，事件背后是否真的有因果关系，结论是否真的成立，事件还有没有其他可能性。

我们必须牢记的是，无论何时何地，清晰的逻辑、严谨的思维，都要比劲爆的标题、戏谑的吐槽更加珍贵。

（摘自《读者》2019 年第 15 期）

断　香

蔡　怡

几乎所有的中国节日都很直接地挑战着我们的感官，如随处可见颜色缤纷的卡片、璀璨的烟花与高高挂起的灯笼；贴在耳边响起的热闹团圆的祝福声和喜气洋洋的鞭炮声；至于用尽心思烹调的年菜、美食，更以百味愉悦着我们的味蕾与嗅觉。似乎只有中秋，要特别安静下来，用沉淀的心去细细体会，才听得到隐在树间的声音，看得见染在水里的颜色，嗅得出藏在风中的味道。至于明月洒下的清辉，更要慢慢品味，如人饮水，冷暖自知。

以前我曾寄居北国异地，四季分明，每至中秋，听阵阵秋风催叶落，看群群大雁往南飞。夜晚，在一轮明月下，萦绕在我内心的总是浮云游子思念黄昏故乡时的惆怅。

虽然如此，在这些传统节日中，我还是最喜欢中秋，因为这是母亲最喜爱的节日。

母亲乐于阅读、写作远超过做家务，所有以食为主的节日都带给母亲沉重的压力，每逢节前，她就眉头深锁、满脸烦气。虽然我们家人口少，在台湾，尤其是南部，也没什么亲戚，但在 20 世纪五六十年代，那样一个传统时代，她还是得适当地扮演好家庭主妇的角色，被迫丢下书本，用写字的手，跟邻居妈妈们学灌香肠、腌腊肉、包粽子。早期的眷村，晒香肠的竹竿都晾在墙头上，谁家灌了多少香肠，腌了多少腊肉，凡经过的人都看得一清二楚。爱面子的母亲，总是勉为其难地应付，也会要我和哥哥帮忙用白线把香肠一节一节地分隔打结，再用细针戳洞，放掉肠衣内的空气。

只有中秋节，母亲不用特别张罗饭菜，可以像做平日的晚餐一样草草打发。至于文旦、月饼，都由父亲采买，经济不宽裕，也不用多讲究，一碟枣泥、五仁、豆沙不同口味的月饼，配上乌梅酒与明月，就能拼凑出颇有诗意的中秋了。

当我们全家由东港大鹏湾眷村搬到冈山镇那红瓦灰墙、独门独院的公家宿舍时，我第一次住进有独立客厅、餐厅、卧室的房子，似乎一切将随着社会繁荣而进步，好不欢喜。唯独母亲生病的心，并未因经济改善而有起色。但中秋节那晚，她的心情铁定是好的。

我和哥哥、弟弟，三人抬桥牌桌到客厅外的水泥平台上，就着灯光与苍穹中的一片银月，欢喜地下棋，我们开心，是因为今晚母亲难得展现欢颜。弟弟年纪小，棋力浅，在旁观棋不语，父亲则笑吟吟地忙着下"指导棋"。平日餐饭后立刻上床休息的母亲，坐在摆着月饼、文旦的院落一角，仰望明月，默默地喝着乌梅酒。清辉遍照，玉作天地，月光孤影，有如烟似梦般的朦胧。

没多久，情绪不稳的母亲开始找碴儿："你们不赏月、吟咏，紧盯着方格子厮杀，简直大煞风景。"

接着，她习惯性地抱怨起父亲来："你这个念中文系的，没有一点儿文学气息，哪像个念中文的。"

听到这里，我紧张得放弃刚要过河的卒子，把棋盘让给小弟，站起身来。十几年共同生活的经验，我已如训练有素的猎犬，在母亲说话的口吻中，立刻嗅出她挑衅的火药味。我赶紧坐到母亲身旁，陪她聊天，深恐她自觉被孤立，或生气为何我们总是对她眼中一无是处的父亲太好。爱钻牛角尖的她，发起脾气来不可收拾，定会搅乱今夜全家少有的一池和乐。

但奇怪的是，常被母亲找碴儿的父亲，却永远慢半拍，不知警觉，还紧盯着棋盘不放。到底是他不开窍、不肯学习，还是他大智若愚，以不变来对抗母亲的焦躁与变化多端？在和母亲的婚姻关系中，他永远是输家，自投罗网的输家，就如他下棋，永远输在相同的布局、相同的路数上。不管母亲怎么变着花样测试，他永远先飞象、跳马，才走车，不知变通，最后他这老将总是落入陷阱，输在母亲的"双响炮"或"回马枪"上。

夜深，凉露侵台阶，母亲没有和我谈诗，却聊起了花，可聊的并不是应景的桂花，而是入秋前，院子里早已花瓣凋尽的栀子花。她说她最爱白色、单瓣、素颜的栀子花，花香袭人，却甜而不腻，久闻不厌；尤其花香从层层绿色叶底随风飘逸而出，余韵似断而不断，如深藏不露的高雅美女，若隐若现，隔着距离，最是诱人。

最后，母亲缓缓道来，她六岁丧母之后，外公在老家养了一大盆栀子花，说外婆人如栀子花般素雅，还说睹花最能思人。外公爱吃枣泥月饼，也最爱过中秋。从谈话中，我感觉出母亲很仰慕外公，但遗憾多年后外公再娶，母亲自觉成了无人疼爱的孩子，成了一生讨爱的人。

从小，我与母亲总有距离，对她有怨，更多的是惧怕，怨她长年卧床，怕她情绪躁郁，家人动辄得咎。我们总是随着她的心情起伏，过着不安的日子，前一刻的温馨祥和，可在毫无预警的情况下转变成流弹四射，让神经纤弱的我逐渐和她疏离。这个难得靠近母亲、听她细述栀子花语的月夜，虽历经岁月流转，却始终深印于脑海，陪伴我走过晦涩青春，留下温暖的回忆。

当我寄居异乡美国时，与亲人山河远隔，初期因无法负荷机票，得隔上好几年才能与家乡的家人见上一面。每到中秋，在密歇根湖边的断鸿声中，我才真正读懂诗词里古人中秋望月的悲凉，也才认真体会母亲远离家乡，隔海望月，怀念外公的郁闷情怀。

幸运的我在海外寄居十六年后终能回到家乡定居，和已迈入老年的母亲共度了十六个中秋。彼时看人们拥向公园，用吃烤肉来庆祝中秋，虽然新鲜，但一时不能随俗。我们依然喜爱在自家一方院落，下着象棋，品着一碟枣泥月饼，浅尝几杯乌梅酒，细细体会中秋之美与静。

母亲去世、父亲失智后，我和丈夫尝试带着月饼、文旦去公园，沾别人的热闹来过中秋。但最后总是坐在公园的木椅上沉淀自己，用心怀想母亲在我身旁的中秋，去思念白色、单瓣、素颜的栀子花随风飘逸而来的那股甜而不腻、已经断了的花香。

（摘自《读者》2019 年第 19 期）

吃 春

小云猫猫

真正知道春天到来，是味觉告诉我的。

在过完年的晴好天气里，蓦地发现头茬韭菜已经钻出了田垄，再过几日，椿树也偷偷摸摸长出八爪鱼样的小香椿，还有竹笋，在腐烂的叶子里露了尖儿……被大鱼大肉轰炸了一个冬天的嘴巴突然被这些绿色的家伙团团围住，寂寥而混浊的舌头从肥腻中抽身而出，连着好几天终于被清理得缓过神来，感叹春天来了。

白菜经过霜冻，抱成团的叶子渐渐散开，发蔫的脚叶活了过来，与菜茎结合的地方有一小根一小根的菜薹长出来。嫩茎绿叶，长得纤细，趴在地头找好久才能找到一小把。将肉汤煮沸，用筷子夹着菜薹打个滚，心里从一默默数到五，时间正好，去除了菜的腥气，吃起来还是脆的。找准位置，"咔嚓"一声，可以咬断根部的茎，最好连着一片叶，再一咬，

242·

汁液溅开。味蕾倘若可以看见，一定是烟花绽开的瞬间，是让人惊艳的感觉。

这一开始可不要紧，大有一发而不可收的势头。满田的菜薹一夜间全部冒了出来。以往恨不得脱了衣服跳进菜叶堆里去寻，现在只需挨个儿掐过去，鲜嫩的叶，厚实的茎。我妈有点儿慌了："哎呀，这么多菜薹怎么吃得了，再过几天老了就可惜了。"一个天气好的日子，太阳刚扫干露水，我妈拎着菜篮子，从这头掐到那头，几分薄地足足能掐一大背篓，然后一一分给左邻右舍。

早春夜里还有几分寒气，抓住机会涮个羊肉锅，就着割下的头茬韭菜，切末，用铁杵子捣成泥，满屋子的韭菜香气像窗外挡都挡不住的春天，闹得人心里直痒痒。《南齐书》中有个故事，周颙隐居在钟山，文惠太子问他："菜食何味最胜？"周颙回答："春初早韭，秋末晚菘。"菘是白菜的古称，敢于将春韭与白菜相提并论，足见其无穷魅力。

我认为，写韭菜写得最好的诗是"夜雨剪春韭，新炊间黄粱"。杜甫喜欢美食，也擅长烹饪美食。友人至家，冒着夜雨剪来春韭，煮一钵掺有黄米的喷香米饭。韭菜清甜，黄米黏糯，屋内香气袅绕，屋外春雨氤氲。

要说吃春，最具代表性的恐怕还是"吃椿"。香椿跟香菜、苦瓜这些独具特色的食物很相似，甲之蜜糖乙之砒霜，爱的人嗜之如命，恨的人避之唯恐不及。"春""椿"同音，在我的家乡，香椿直接被称作"椿天"。一场春雨过后，风暖了起来，我爹的时间观念最强，也最馋香椿，瞥见门前的大椿树吐了芽儿，便约上四叔和幺爷爷，"走，掰椿天去"，那架势当真要把春天请进家门。

掰回的椿芽一刻都不能耽误。其一是椿芽对时间特别敏感，上午摘跟下午摘的老嫩程度有差别，倘若上午摘了下午才食用，短短几个小时梗就老了不少，失了鲜脆。其二是安全问题，放置久了的香椿，对身体有害。椿芽凉拌要先焯水，切细末，可以直接加腌菜汤和剁椒拌匀，也可以根据口味加作料。凉拌香椿吃起来满口的椿香，有种"吃草"的快感。香椿炒鸡蛋也很常见，椿芽焯水后切碎，打散鸡蛋搅匀，放盐。油热后下锅，筷子迅速翻炒，蛋成形立刻关火。鸡蛋金黄，香椿暗红中隐约带着绿色，大人们会在孩子频频伸出筷子的时候戏谑："看你把'椿天'都吃了，明年没有'春天'了怎么办？"

香椿还有一种吃法，炸"椿鱼儿"。鱼肉片成薄片，加盐、料酒、葱姜末抓匀。香椿去除根部，不焯水，所以香椿一定要是极嫩的。蛋清、盐、水淀粉，调成稀糊。每根香椿芽用一片鱼肉卷成卷，挂糊。锅里放油烧至七八成热，将沾了蛋糊的"椿鱼儿"逐个放入锅中，调微火炸成金黄色。吃时蘸几粒椒盐，入口焦脆，先是鱼肉的滑嫩，紧接着是香椿的甘香。苏轼如果有口福，只怕要连呼三声"可唉，可唉，可唉"。也有图便捷省去鱼片，直接将香椿挂糊油炸，三五分钟就可享受一盘无边春色。

我家人人都爱吃香椿。尤其是我爹，每年除了自家椿树上的一棵不漏全部掰下，还上山去采。近些年林子护得好，很多椿树长大抽芽，得带着绳子和短梯才能采到树顶上的。他收工从山上返回的时候，就打电话告知："要回来了，赶紧烧水准备沮椿天。"楼顶拉一条细绳，沮好的香椿一棵棵倒挂在绳子上，暴晒，风干，手略微碰过去香椿叶子簌簌落成粉末状时，以塑料袋密封，储存在干燥通风的房间。待时令过去，眼馋心馋时，将干香椿用水泡发，同肉、各种作料剁细，做成馅儿。无论是包饺子还是包子，或是同豆豉一起做扣肉的垫头蒸来吃，都是叫人十里闻香、过齿难忘的食物，有一点儿大地回春或枯木逢春的意味。

《黄帝内经》里有"司岁备物"一说，人应遵循大自然的阴阳气化来摄取食物。吃春的美妙，正在于时节，此消彼长，兀自笑春风。如此看来，春菜们也真够任性的。

（摘自《读者》2023 年第 6 期）

錾磨师傅

耿 立

在这黄壤平原深处生活的人，早晨或黄昏时，谁没见过背着錾子褡裢的石匠，从村外如草绳的路上走来，苍老，深邃。

有一天清晨，驴子在磨道里一踏，一踏，一踏，四只蹄子仿佛要踏碎那寂寞。褡裢的叮当声由远及近，有人操着异地的方言轻轻地说："该洗磨了，让驴子也歇歇蹄脚。"

这是一个平原上的人都熟悉的石匠，一年总有几回打村庄走过。他走过来，把褡裢往肩头一甩，锤子錾子互相碰响。父亲与石匠就在石磨前的空地上，各自提一下裤裆，蹲下，互相递上纸烟，斑斓的霞光里有了剪影般的影子，映在磨道边的屋墙上。辣辣的烟雾弥漫着，很浓。

天到半下午，太阳的光减了力量，人在阴凉里就有点冷。錾子和锤子单调的闷音叮叮当当响。磨盘上，錾子沿着原先的槽子，一点一点地拱。

石匠师傅全然不在意我的存在，哼起歌子来：

"怀揣着雪刃刀，怀揣着雪刃刀，行一步，啊呀哭，哭号啕，急走羊肠去路遥，天，天哪！且喜得明星下照，一霎时云迷雾罩。"

在师傅的眼窝里，我发现了水珠，亮汪汪的，原本干涸松皱的眼袋忽然变亮。

我问唱的什么，他放下锤子，说："《夜奔》。"

"《夜奔》是什么？"

"就是被逼得夜里走路到梁山。"

梁山，在我们平原的边缘。父亲告诉我，天晴的时候，从我们这儿能看到山影，要是走着去得走一天一夜。我总怀疑父亲的说法，但父亲确实到梁山换过地瓜干。但为何成为"夜奔"，我还是不明白。师傅说："大了，有了识见，你就会明白。"

"俺呵！走得俺魂飞胆销，似龙驹奔逃。呀！百忙里走不出山前古道。"

在师傅静静歇息的时候，我拿出一枚光光的"老鸹枕头"，珍宝似的递给石匠师傅看。在平原深处，孩子们没有多少见识，谁要是有一块奇异的石头，就会放在书包里，拿到学屋，就如拿出山的一角。

师傅接过石头，拿起对着太阳一晃，里面就像鸡蛋的内黄，红红的。看我对石头这样神往，他答应下次再到我们村子的时候，给我捎一块"化石猴"。

我问师傅见过山吗，他笑了，说他就是从很远的深山里到平原来的，在农闲的时候凭着手艺叮叮当当地挣钱。在我眼里，师傅是见过世面的人，很神秘。那一声声富有韵律的錾音，也仿佛带有魔力。

平原外的一切是什么模样？师傅问我想不想跟他走。

"想！"

"为什么呢？"

"这里天天吃煎饼。"

师傅放下錾子，把锤子放到磨盘上。"孩子，你还小。"他摸着我的头顶说。

"大山不好吗？"

这一问，好像捅到师傅的苦处。他摇摇头，说："你还小，哪里都有作难的时候啊，大了，等你见到山，有经历了，就明白了。"我感到师傅的话极深奥，就想他许是不愿意带我去看山。

我有点想哭，就缠着他，让他等着我，等我长大了，到山里去找他。

师傅乐了："也许等你长大了，我就要入土了。"

听了这话，我心里更紧了。他要是入土了，山里我可就一个人都不认识了。我急急地说："死不急嘛，你等我长大了，见到山，你再死。"

师傅又乐了，他答应我，等我看到山，他再死。

"你家住哪里呢？"这个问题好像对我对他同样重要。

"褡裢錾子就是我的家，哪里有磨哪里就是家！"

这下可麻烦了，天底下哪里没有磨啊？有磨的地方就有师傅，天下能洗磨，能把磨钝的石磨錾得像绽开的牡丹花那样美丽的师傅也多了。

"那等我长大了，还是找不到你啊！"

"等你长大了，我来接你！"

父亲看我如此，就让我拜石匠做师父，到了能拿动錾子和锤子、可以背褡裢的年纪，就跟着师父到平原外走动。于是，我恭恭敬敬地叩了头。父亲打了酒，杀了一只鸡，配上从地里摘下的带着黄花的黄瓜。

第二天师父走了，我和父亲送他到村外的土路上。一个光光的脑壳，一个褡裢，一把錾子叮当响着走远了。看见师父走得更远了些，我喊了细细的一声"哎",平原上的回音很长,师父回头也"哎"了一声。后来那褡裢左左右右地摇起来,那光脑壳就变得越来越小。天大极了,人小极了。平原好大啊。

这以后的日子,师父在霜降的时候,都会来我们村子。一次他真给我带来一个"化石猴"。这是一种薄薄凉凉、其貌不扬的灰白色石头,用錾子和锤子在光滑椭圆的石身上浅浅刻几条线,就有了猴模猴样的脑袋瓜和狗儿一样上扬的尾巴。我把它和"老鸹枕头"放在一起。它和师父一样,让我平添了几分对外面世界的神往。每次师父来的时候,总不会空手,总会带一些平原上不常见的东西,菌子、山核桃、榛子……师父多大岁数了,我不清楚,但每次看他到平原上的小村来,皱纹总比上次来时的深许多,光光的脑壳上稀疏的发也越来越少,在褡裢的衬托下,黑的更黑,白的更白。

也许,师父给我的是平原外的牵挂。我把师父当成一种心里的依靠,谈起师父,就谈起很远的山。师父到我们村子来了,我会激动得几天睡不着觉,半夜起来,常想着石磨该錾了,什么时候的黄昏才会响起叮叮当当的声音,那时的黄昏也像有了诗意,被錾子声淹没的黄昏不是普通的平原黄昏。当师父走了,我会站在村外,看着师父的身影变得越来越小,直到成为一个小黑点,最后,连褡裢也变得和平原的天地成了一体。

有一年,到了寒露,师父没来,到了霜降,师父还没来,村子里的磨都钝了,变得暗哑。我心疑师父是否因为年纪大了,在不知哪个路口走着走着,就跌倒不再起来。接近年关的时候,我在村外看到了一个背褡裢的人,像师父,走近看,却是不同的模样。他告诉我,师父死了,在一户人家的磨道里,拿着錾子,忽然一放锤,一口气没上来,走了。

我听了,伤心地哭了起来,平原外牵念我的人走了,我对平原外的牵念也减少了许多。我常想，也许，收我做徒弟，他本身是不当真的，但他对一个平原孩子的爱是十分珍重的。也许师父有许多的苦楚，我想到他第一次情难自抑地在一个平原深处的孩子面前唱起《夜奔》的画面。后来，我在空闲时，喜欢做篆刻，工具也置备齐全。我有一个愿望，刻一方肖像印章，内容是林冲在雪夜，斜背着长枪，枪端处挑着一个酒葫芦，当是时，天黑得紧，雪也下得紧……

（摘自《读者》2023 年第 5 期）

致　谢

2022 年 10 月 16 日，举世瞩目的中国共产党第二十次全国代表大会在北京召开，大会为我们今后的前进指明了方向、擘画了蓝图。党的二十大报告第八部分"推进文化自信自强　铸就社会主义文化新辉煌"为今后的文化工作提出了更高要求。在深入学习领会党的二十大精神的基础上，甘肃人民出版社按照党的二十大报告"实施全民道德提升工程，弘扬中华传统美德"的要求，策划了以"中华传统美德"为主题的新一辑"读者丛书"。丛书共 10 册，分别以"仁爱孝悌""谦和好礼""诚信知报""精忠报国""克己奉公""修己慎独""见利思义""勤俭廉政""笃实宽厚""勇毅力行"为主题，从历年《读者》杂志、各类图书及其他媒体上精选了 600 多篇美文汇编而成，我们希望通过一篇篇引人深思的文章或一个个感人至深的故事，让广大读者进一步加深对中华传统美德的认识，让这一美德在中华大地上能够得到更加广泛的传承和弘扬。

与往年一样，《读者丛书·中华传统美德读本》的策划、编辑、出版得到了中共甘肃省委宣传部、甘肃省新闻出版局以及读者出版集团、读者杂志社等各方的指导和帮助，在此深表谢意！丛书的编选也得到了绝大多数作者的理解和支持，他们对作品的授权选编和对丛书的一致认可解除了我们的后顾之忧，对此我们表示诚挚的谢意！虽然我们尽力想把工作做得更细致、更扎实，但因为种种原因依然未能联系到部分作者，对此我们深表歉意，也请这些作者见到图书后与我们联系。我们的联系方式是：甘肃人民出版社（甘肃省兰州市曹家巷1号，730030，联系人：张菁，电话：15719333025）。

读者丛书编辑组
2023 年 10 月